Kerstin Körte

Dass ich dich besser fressen kann

LEDA

Kerstin Körte
Dass ich dich besser fressen kann
Ostfrieslandkrimi

Originalausgabe
1. Auflage 2010

ISBN 978-3-939689-37-9

Leda-Verlag, Kolonistenweg 24, D-26789 Leer
info@leda-verlag.de
www.leda-verlag.de

Lektorat: Maeve Carels
Titelillustration: Carsten Tiemeßen
Druck und Bindung: Bercker Graphischer Betrieb GmbH & Co. KG
Printed in Germany

Kerstin Körte

Dass ich dich besser fressen kann

Ostfrieslandkrimi

LEDA

Kerstin Körte

geboren 1975, lebt in Ihrhove/Westoverledingen. Seit 1996 arbeitet sie als Pharmazeutisch-technische Assistentin in einer Apotheke in Leer.
Die Liebe zum Schreiben entdeckte sie vor ein paar Jahren eher zufällig.
Durch die Teilnahme an einem VHS-Kurs für kreatives Schreiben lernte sie einige Gleichgesinnte kennen, die, genau wie sie, Spaß am hemmungslosen Morden auf dem Papier hatten. Noch heute finden in regelmäßigen Abständen Treffen zum mörderisch-munteren Austausch statt.
Nach bisher zwei veröffentlichten Kurzgeschichten, *Die Kunst des Läuterns* und *Die Wandlung des Taugenichts*, erscheint mit *Dass ich dich besser fressen kann …* ihr erster Kriminalroman.

Kapitel 1

»Äußerlich sah er schön aus, weiß mit roten Backen, dass jeder, der ihn erblickte, Lust danach bekam, aber wer ein Stückchen davon aß, der musste sterben ...«

Donnerstag, 16. August

Nervös trommelte Helene mit ihren Fingern auf dem Lenkrad ihres Wagens herum. Wie lange sollte das hier denn noch dauern? Ausgerechnet heute musste ihr ein Stau auf der Autobahn dazwischenkommen.

Sie sah auf die Uhr. Zwanzig nach sechs. Wann ging es denn nun endlich weiter?!

Um sieben Uhr wollte Helene sich eigentlich schon mit ihrer Freundin Margret treffen, um ein Orgelkonzert in der Großen Kirche in der Leeraner Altstadt zu besuchen. Und Margret war eine wahre Pünktlichkeitsfanatikerin.

Helene ärgerte sich schon, dass ihr überhaupt die Idee gekommen war, eine spontane Shoppingtour durch die oldenburgische Fußgängerzone zu machen. Wäre sie in Leer geblieben, müsste sie jetzt nicht ihre Zeit in diesem Stau vergeuden. Doch bei einem Blick über ihre Schulter auf die Einkaufstüten, die auf dem Rücksitz lagen, verzog sich ihr grimmig verkniffener Mund zu einem Lächeln.

Ach, egal – sollte Margret doch ein paar Minuten warten.

Hastig schloss Helene die Haustür auf, stellte ruppig die Tüten mit den neuen Sachen in den Flur neben die Garderobe und hetzte die Treppenstufen hinauf. Sie stürzte ins Schlafzimmer, riss die Türen des Kleiderschrankes auf und schob hektisch die Kleiderbügel hin und her, auf der Suche nach einem passenden Oberteil.

Wieder der Blick auf die Uhr. Zehn vor sieben. Wenn sie sich beeilte, konnte sie es vielleicht gerade noch schaffen.

Unsanft zog sie ihren türkisfarbenen Baumwollpulli vom Bügel und streifte ihn sich über. Rasch schlüpfte sie noch in ein Paar bequemere Schuhe und warf einen prüfenden Blick in den Spiegel – nicht atemberaubend, aber für das geplante Vorhaben völlig ausreichend.

Schnell zupfte sie mit den Fingern noch einige Strähnen ihres kurzen, silbergrauen Haares in die richtige Richtung – fertig.

Als sie an der Garderobe vorbeilief, überlegte sie, ob sie vorsichtshalber ihre Jacke mitnehmen sollte. Margret und sie hatten vor, mit dem Rad zu fahren. Der Tag war zwar sonnig und warm gewesen, aber abends kühlte es schon deutlich ab.

Sie nahm die Jacke vom Haken und war schon an der Haustür, als das Telefon klingelte.

Unentschlossen sah sie auf die Uhr. Es war genau sieben. Vor ihrem geistigen Auge erschien ein Bild von Margret, die ungeduldig von einem Fuß auf den anderen trippelte.

Aber was, wenn es wichtig war? Dann musste Miss Überpünktlich sich eben noch ein paar Minuten gedulden.

»Hövelmann. Moin.«

Helene hörte, wie am anderen Ende der Leitung jemand aufschluchzte.

»Tante Helene. Hallo, hier ist Christine.«

»Christine, warum weinst du? Ist was passiert?«

»Es ist Oma …sie ist …tot.«

Christines Oma Lieselotte wohnte nur zwei Straßen entfernt. Schon nach wenigen Minuten bog Helene in die von hohen Rhododendronbüschen gesäumte Einfahrt im Buchenweg ein.

Christine wartete schon an der Haustür. Das siebzehnjährige Mädchen sah furchtbar aus. Ihre Augen waren rot vom Weinen und ihr Gesicht war ganz verquollen.

»Danke, dass du gekommen bist. Ich wusste nicht, wen ich sonst hätte anrufen sollen ...«

Ihre letzten Worte gingen in Mitleid erregendem Schluchzen unter. Tröstend legte Helene ihre Arme um das zitternde Mädchen, das von einem heftigen Weinkrampf geschüttelt wurde, und drückte sie fest an sich. Sie strich ihr über die zerzausten dunklen Locken und sprach beruhigend auf sie ein. Es dauerte eine ganze Weile, bis Christine sich wieder einigermaßen gefangen hatte.

»Wo ist sie?«

»Im Wohnzimmer.«

Nur zögernd setzte Helene ihren Fuß über die Schwelle. Sie hatte Angst vor dem Anblick, der sich ihr gleich bieten würde.

Lieselottes großer, dunkler Flur, den sie nun betrat, ließ ihren Mut weiter sinken. Doch sie zwang sich, stark zu sein – für Christine.

Sie verharrte noch einen Augenblick, um Kraft zu sammeln, und wurde sich plötzlich dieses penetranten Geruchs bewusst, der den Flur erfüllte. Ein abscheulich riechendes, künstliches Tannenwald-Aroma. So hatte es hier noch nie gerochen.

Sie ging weiter in Richtung Wohnzimmer und öffnete langsam die nur angelehnte Tür.

Lieselotte saß in ihrem großen Fernsehsessel, der etwas nach hinten gelehnt war. Sie trug ein hellgelbes Nachthemd mit roten Klatschmohnblüten und dazu einen ebenfalls gelben Morgenmantel. Ihre Füße steckten in dunkelroten Hausschuhen, deren Farbton sich kaum von dem ihrer bloßen Unterschenkel unterschied.

Helene trat einige Schritte näher und erschauderte. Die Person, die dort saß, hatte nichts mehr von ihrer liebenswerten, lebenslustigen Freundin an sich. Das Schlimmste waren ihre Augen. Die Lider waren nicht geschlossen und der kalte, starre Blick jagte Helene eine Gänsehaut über den Rücken.

Kein Wunder, dass das Mädchen so aus der Fassung geraten war. Selbst Helene war zutiefst schockiert von diesem Anblick. Das Entsetzen lähmte sie, und das Atmen fiel ihr schwer. Doch sie durfte sich jetzt dem Schmerz und der Panik nicht hingeben – noch nicht. Sie schloss die Augen, atmete tief ein und aus. Sie musste einen klaren Kopf behalten, allein schon wegen Christine.

Sie kannte Familie Wischmeyer schon ihr Leben lang. Lieselotte war zwar einige Jahre älter als sie, aber schon als Kinder hatten sie oft miteinander gespielt. Ihre Väter waren Arbeitskollegen bei der Firma *Bünting* gewesen und so kam es, dass sich die beiden Familien anfreundeten.

»Wo sind denn deine Eltern?« Helene hatte sich wieder gefasst und drehte sich zu Christine um, die immer noch zitternd im Türrahmen stand, die Augen fest auf einen Punkt am Boden gerichtet.

»Die sind für einige Tage an die Ostsee gefahren und kommen erst morgen zurück.«

»Hast du sie schon angerufen?«

Christine schüttelte den Kopf.

»Warum nicht?«

»Ich weiß nicht.« Sie sah Helene an. Wieder stiegen ihr Tränen in die Augen. »Ich weiß nicht, was ich tun soll – tun muss ... Warum musste ausgerechnet ich sie finden? Ich habe noch nie jemanden gesehen, der ... der nicht mehr am Leben ist. Was soll ich denn jetzt machen?«

Sie wandte sich ab und hockte sich im Flur auf die Treppe. Helene setzte sich zu ihr und nahm sie in die Arme.

»Nun hör doch auf zu weinen. Ich bin ja da und helfe dir.« Auch ihr kamen jetzt die Tränen, aber sie zwang sich, sie hinunterzuschlucken. Es gab so viel zu erledigen.

»Zuerst einmal rufen wir jetzt deine Eltern an und dann Dr. Klaaßen.«

Eine halbe Stunde später klingelte Dr. Enno Klaaßen an der Tür. Er war der langjährige Hausarzt von Familie Wischmeyer – und vielen anderen Familien in Loga. Zu Helenes Überraschung wurde er von Charlotte, ihrer Enkeltochter, begleitet, die als Sprechstundenhilfe in seiner Praxis arbeitete.

»Lotte, was machst du denn hier?«, fragte Helene erstaunt.

»Weil es heute so viel zu tun gab, bin ich länger geblieben. Dr. Klaaßen hat mir erzählt, dass du angerufen hast, wegen Lieselotte …« Besorgt sah sie Helene an. »Er meinte, es wäre vielleicht ganz gut, wenn ich mitkäme …« Sie nahm Helenes Hand und drückte sie sacht.

»Alles okay mit dir?« fragte sie leise.

»Es geht schon. Es ist nur …« Helene versuchte den Kloß in ihrem Hals wieder herunterzuschlucken, doch diesmal gelang es ihr nicht. Ohne den Satz zu beenden, drehte sie sich um. Sie wollte nicht, dass Charlotte ihre Tränen sah.

Helene ging ins Wohnzimmer und Charlotte folgte ihr.

Dr. Klaaßen war schon vorausgegangen. Er kannte den Weg von seinen zahlreichen Hausbesuchen.

Helene war froh, dass heute erst Donnerstag war. Ansonsten hätte sie wahrscheinlich den Wochenendnotdienst rufen und unter Umständen mit einem fremden Arzt vorlieb nehmen müssen.

Sie und Charlotte ließen Dr. Klaaßen seine Arbeit machen und gingen in die Küche.

Christine saß auf der Eckbank und starrte vor sich hin. Auf Charlottes »Hallo« reagierte sie nur mit einem kurzen, traurigen Blick in ihre Richtung.

»Soll ich uns einen Tee machen?«, fragte Helene die beiden Mädchen.

»Ja, gern.«

»Hast du deine Eltern erreicht?«

Christine nickte. »Sie kommen so schnell wie möglich nach Hause.« Sie stützte den Kopf in ihre Hände und Helene sah Tränen auf die Tischdecke tropfen. »Ich wünschte, sie wären schon da.«

Helene schaltete den Wasserkocher ein und holte die Tassen aus dem Schrank.

»Wir wollten heute Canasta spielen, Oma und ich«, erzählte Christine stockend. »Eigentlich war das schon für gestern Abend geplant – aber ich habe ihr abgesagt, weil ich lieber mit Anna ins Kino wollte. Deshalb haben wir es auf heute verschoben.« Sie sah Helene gequält an. »Nur wegen mir. Nur weil ich lieber ins Kino wollte. Vielleicht würde sie noch leben, wenn …« Der Rest des Satzes ging in tränenerSticktem Schluchzen unter.

Selbst Helene – in Ausnahmesituationen wie dieser normalerweise unverwüstlich – fühlte sich hoffnungslos überfordert.

Was sollte sie dem armen Mädchen sagen? Wie sollte sie ihr helfen?

Auch Charlotte, die sich neben Christine auf die Eckbank gesetzt hatte, schaute Helene mit hilflosem Blick an. Sie war ebenfalls den Tränen nahe.

Tröstend legte Helene dem weinenden Mädchen eine Hand auf den Rücken und strich ihr über die zerzausten Haare. »So darfst du nicht denken, mein Herz. Deine Oma hat dich sehr lieb gehabt, das weißt du doch.«

Als Dr. Klaaßen kurze Zeit später in die Küche kam, hatte Christine aufgehört zu weinen. Er stellte seine Tasche ab und lehnte sich an den Küchenschrank.

»Setzen Sie sich doch, Herr Doktor. Möchten Sie auch eine Tasse Tee?«

»Sehr gern, danke.« Er zog einen der Stühle zurück und nahm Platz. Helene stand auf und schenkte ihm eine Tasse voll ein.

»Möchtest du, dass ich dir etwas zur Beruhigung gebe, Christine?« Mitfühlend sah er sie an.

»Nein, danke. Es geht schon.«

Er zuckte mit den Schultern. »Du brauchst es nur zu sagen. Es war sicher nicht leicht für dich, deine Oma so zu sehen.«

»Nein, das war es nicht.« Sie vergrub ihr Gesicht wieder in den Händen und schwieg.

»Was ist mit Ihnen, Frau Hövelmann?«

»Ist schon gut.«

Eine Weile sagte keiner ein Wort. Man hörte nur das laute Ticken der Küchenuhr und das Klingeln des Kluntjes, als Dr. Klaaßen seinen Tee umrührte.

»Wann ist sie gestorben?« Helene stand am Fenster über dem Spülbecken und schaute hinaus in den Garten.

»Ich würde sagen, vor schätzungsweise zwölf bis sechzehn Stunden.«

»Also irgendwann zwischen drei und sieben Uhr letzte Nacht. Und woran?«

»Woran? Herzstillstand – habe ich jedenfalls in den Totenschein geschrieben.«

»Herzstillstand? Sterben daran denn nicht eigentlich alle?« Helenes Stimme war sachlich und ruhig.

»Ich kann ja verstehen, dass das eine unbefriedigende Antwort für Sie ist, aber ganz ehrlich – Frau Wischmeyer war eine alte Dame. Und alte Leute sterben nun mal häufig einfach so – ohne große Vorgeschichte, ohne großes Leiden, ohne Krankenhausaufenthalt. Seien Sie doch froh für all das, was ihr erspart geblieben ist.«

»Ich weiß, tut mir leid. Es ist nur … es kommt so plötzlich.«

»Es ist nie einfach – so oder so nicht.«

Dr. Klaaßen trank seinen Tee aus und verabschiedete sich. Helene brachte ihn zur Tür.

Anschließend rief sie im Bestattungsunternehmen Niemann an. Frau Niemann versprach, dass ihr Mann in etwa einer halben Stunde da sein würde.

Als sie in die Küche zurückkam, saß Christine immer noch auf ihrem Platz. Sie hatte den Kopf auf Charlottes Schulter gelegt, und starrte ins Leere.

Helene räumte die leeren Tassen zusammen und ließ Wasser ins Spülbecken laufen. Sie musste sich beschäftigen, sie brauchte eine Aufgabe.

Als sie anfing, die schmutzigen Gläser abzuwaschen, die auf der Anrichte standen, wunderte sie sich. Wozu nur hatte Lieselotte sieben ihrer guten Gläser gebraucht?

»Hat deine Oma was davon gesagt, dass sie gestern Besuch hatte?«

»Nein, wieso?« Christines Stimme klang wie aus einer anderen Welt.

»Ach, nur so ...« Helene trocknete die Gläser ab und wandte sich dann den Teetassen zu. »Hat sie vielleicht erwähnt, dass es ihr nicht gut geht? Dass sie Magen-Darm-Probleme oder Durchfall hat?«

»Nein, hat sie nicht.«

»Wie kommst du darauf, Oma?«, fragte Charlotte.

»Ach, es war nur so ein Gedanke ...wegen der Reibe ...«

Helene nahm die Apfelreibe und legte sie ins Wasser. Doch bevor sie sich daran machte, die angetrockneten Reste zu entfernen, blieb ihr nachdenklicher Blick an dem halben Apfel hängen, neben dem die Reibe gelegen hatte. Die Schnittstelle war schon ganz braun und runzelig. Die Schale hingegen glänzte noch saftig und rot. Es ist ein besonders schöner Apfel gewesen, dachte Helene und wunderte sich gleichzeitig über diesen seltsamen Gedanken.

Ulf Niemann traf, wie versprochen, innerhalb der nächsten halben Stunde ein.

Charlotte war kurz vor seinem Eintreffen von Helene nach Hause geschickt worden. Anfangs hatte sie sich geweigert. Helene wusste, dass ihre Enkelin sie in dieser schwierigen Situation nicht allein lassen wollte.

Doch sie hatte darauf bestanden. Auch wenn Helene sehr froh darüber war, sie an diesem Abend bei sich gehabt zu haben – nun wurde es Zeit für das Mädchen, nach Hause zu gehen. Schließlich musste Charlotte morgen früh zeitig zur Arbeit.

Es dauerte nicht lange und Herr Niemann hatte die nötigsten Formalitäten geklärt. Christines Eltern wurden schon im Laufe des frühen Vormittags von der Ostsee zurückerwartet. Sie würden sich dann um den Rest kümmern müssen.

Während der ganzen Zeit saß Christine weiterhin wie erstarrt auf ihrem Platz, das Gesicht in ihren Händen vergraben. Nur der größer werdende Fleck auf der Tischdecke verriet, dass sie wieder still weinte.

Bekümmert betrachtete Helene das junge Mädchen. Sie machte sich ernsthaft Sorgen um sie. Es wäre ihr lieber gewesen, Christine hätte Dr. Klaaßens Angebot, sich ein anständiges Beruhigungsmittel geben zu lassen, nicht ausgeschlagen. Sie konnte nachvollziehen, dass Christine sich für den Tod ihrer Oma verantwortlich fühlte – obwohl es natürlich völliger Unsinn war. Mehrfach hatte Helene an diesem Abend schon versucht, ihr das klarzumachen, hatte sich bemüht, sie zu trösten. Doch ihre Worte schienen sie nicht zu erreichen.

»Wie wäre es, wenn du heute Nacht bei mir schläfst?« Helene konnte den Gedanken, das Mädchen in diesem Zustand allein nach Hause gehen zu lassen, nicht ertragen.

Langsam hob Christine den Kopf und nickte nur stumm. Doch Helene konnte die Dankbarkeit in ihren Augen sehen.

Zu Hause angekommen bezog Helene das Gästebett und suchte für das Mädchen einen passenden Pyjama heraus. Sie setzte sich zu ihr auf die Bettkante und blieb so lange bei ihr, bis sie eingeschlafen war.

Danach ging auch sie ins Bett. Doch obwohl sie hundemüde und total erledigt war, konnte sie nicht einschlafen. Erst jetzt, in der Dunkelheit ihres Zimmers, allein mit ihren Gedanken, wurde ihr richtig klar, was passiert war: Ihre Freundin Lieselotte, die sie schon ein Leben lang kannte, war tot und sie würde sie nie wieder sehen oder mit ihr sprechen können.

Nun konnte sie endlich ihren Gefühlen freien Lauf lassen. Tränen liefen ihr über die Wangen und nur ganz langsam ließ das Entsetzen nach, das sich wie eine Schraubzwinge um ihr Herz gelegt hatte. Lange weinte sie vor sich hin – bis auch ihr Kopfkissen einen großen, nassen Fleck hatte. Erst spät in der Nacht fiel sie in einen unruhigen Schlaf.

Freitag, 17. August

Christine und Helene hatten gerade den Versuch aufgegeben, ein paar Bissen Frühstück hinunterzubekommen, als das Handy des Mädchens klingelte. Ihre Eltern waren von der Ostsee zurück. Die beiden tranken noch schnell ihren Kaffee aus und fuhren dann zu Lieselottes Haus, um sich dort mit ihnen zu treffen.

Obwohl Ulf Niemann Lieselotte noch am Abend zuvor mit seinem Helfer in die Leichenhalle gebracht hatte, gelang es Christine nur mit Mühe, das Wohnzimmer zu betreten. Sie klammerte sich fest an den Arm ihrer Mutter und kämpfte um Selbstbeherrschung.

»Vielen Dank, Helene, dass du dich um alles gekümmert hast.« Christines Vater Manfred drückte ihr die Hand. Er sah blass und müde aus. »Wenn wir auch nur geahnt hätten, dass meiner Mutter so etwas bevorsteht – wir wären doch nie in Urlaub gefahren ...«

»Solche Dinge kann man nun mal nicht vorhersehen.«

Er brauchte einen Moment, um sich zu fassen.

»Wenn ich euch sonst noch irgendwie helfen kann – Karten schreiben oder die Teetafel organisieren …«

»Danke, das ist lieb von dir. Aber Mama hat schon vor einiger Zeit genau aufgeschrieben, wie ihre Beerdigung aussehen soll.« Manfred zeigte auf ein kleines Heft, das auf dem Tisch lag. »Hier ist eine Liste mit Adressen von Angehörigen und Freunden, die eine Karte haben sollen. Sogar die Lieder und den Predigttext für die Trauerandacht hat sie schon rausgesucht … im Grunde ist alles fertig.«

»Dann werde ich jetzt besser gehen. Wenn ihr doch noch Hilfe braucht, ruft mich gerne an.«

»Das machen wir. Vielen Dank.«

Helene verabschiedete sich und ging zurück nach Hause.

Sie legte sich auf das Sofa im Wohnzimmer und versuchte, ein wenig Schlaf nachzuholen. Aber das, was ihr schon letzte Nacht nicht gelungen war, wollte ihr auch jetzt nicht glücken. Pausenlos kreisten ihre Gedanken um die Ereignisse des gestrigen Abends.

Sie schloss die Augen und fuhr sich mit den Händen durch die kurzen grauen Haare. Sie versuchte, ihren Kopf zu leeren, einfach an nichts zu denken, aber es gelang ihr nicht. Immer wieder hatte sie Lieselottes Anblick vor Augen.

Helene fragte sich, wie wohl ihre letzten Stunden ausgesehen haben mochten. War es für sie ein ganz normaler Abend gewesen oder hatte sie schon etwas gespürt? Eine Vorahnung gehabt von dem, was kommen würde? Vielleicht sogar Angst? Oder war sie zu ihrer gewohnten Zeit ins Bett gegangen? Wahrscheinlich.

Laut Dr. Klaaßen war sie zwischen drei und sieben Uhr gestorben. Bestimmt hatte sie, weil es ihr nicht gut ging, noch mal das Bett verlassen – um dann in ihrem Sessel zu sterben.

Helene dachte daran, wie einsam Lieselotte sich gefühlt haben musste. Hatte sie Schmerzen gehabt? Warum hatte sie keinen Arzt angerufen? Oder sie, ihre Freundin, um Hilfe gebeten? Sie hätte doch innerhalb von Minuten bei ihr sein können, hätte ihr beistehen oder sogar helfen können. War sie vielleicht zu schwach gewesen? Hatte sie es nicht mehr geschafft? Warum hatte sie so sterben müssen, mutterseelenallein?

Auch Helene fühlte sich bei diesen Gedanken sehr einsam. Sie war nur ein paar Jahre jünger als Lieselotte. Würde es ihr einmal genauso ergehen?

Vier Jahre war es nun her, seit ihr Mann Ernst gestorben war, plötzlich und unerwartet an einem Herzinfarkt. Anfangs war es für Helene, als hätte sich auch ihr Leben mit dem ihres Mannes davongemacht.

Sie hatte sich damals so sehr für jede positive Empfindung wie Freude oder auch Glück geschämt, dass sie diese im Grunde lebensnotwendigen Gefühle gnadenlos verdrängt hatte. Es gelang ihr, sowohl die Höhen als auch die Tiefen, die sie durchlebte, vollkommen gegeneinander auszubalancieren.

Wenn ihr Therapeut sie dann fragte: »Wie geht es Ihnen heute, Frau Hövelmann?«, sagte sie stets: »Gut, ich habe den Autopiloten wieder eingeschaltet.«

Dieser Autopilot sorgte zwar dafür, dass der Kummer über den Verlust ihres Mannes sie nicht völlig erdrückte, hinderte sie jedoch gleichzeitig daran, schöne Momente leibhaftig mit allen Sinnen zu erleben. Aber das hatte sie irgendwann gar nicht mehr gemerkt. Sie hatte sich schon zu sehr an dieses gleichbleibende Dahindämmern gewöhnt, an dieses Leben wie im Halbschlaf, so, als stünde sie permanent unter Drogen – immer ein bisschen abwesend und nie wirklich wach.

Zwei Jahre lang hatte sie in diesem Zustand gelebt.

Bis ihre einzige Enkeltochter Charlotte es nicht mehr ausgehalten hatte. Noch heute war Helene ihr zutiefst dankbar dafür, auch wenn es manchmal eine Qual für sie gewesen war. Drei-, viermal pro Woche war sie damals von Charlotte zu irgendwelchen Veranstaltungen geschleift worden. VHS-Kurse, Konzerte, Lesungen. Sie waren über holländische Flohmärkte geschlendert und durch offene Gärten in ganz Ostfriesland spaziert, hatten kilometerlange Fahrradtouren gemacht und etwa die gleiche Strecke in Seemeilen beim Paddeln zurückgelegt. Wenn Helene sich dann bei ihr beklagt hatte, sie möge sie endlich in Ruhe lassen, hatte Lotte jedes Mal geantwortet: »Das kommt gar nicht in Frage. Dein Leben lebt noch! Nur nimmst du im Moment nicht daran teil. Aber das ändern wir. Und dann wird alles wieder gut.«

Und sie hatte mehr als recht behalten. Irgendwann war Helene tatsächlich wieder in der Lage gewesen, so etwas wie Freude zu empfinden.

Das Telefon riss Helene aus ihren Gedanken.

»Hövelmann.«

*

»Hallo, Oma, hier ist Lotte.« Um ungestört mit ihrer Oma sprechen zu können, ging Charlotte mit dem Telefon in den kleinen Aufenthaltsraum der Praxis. Sie war erleichtert. Die Stimme ihrer Oma hörte sich ganz gut an – eigentlich sogar normal. Dennoch war Charlottes Tonfall sehr behutsam, als sie fragte: »Wie war deine Nacht?«

»Na ja, es ging so ... aber mach dir keine Sorgen.«

Doch Charlotte machte sich Sorgen, große Sorgen sogar. Sie hatte Angst – Angst davor, was dieses Erlebnis mit ihrer Oma machen würde. Angst, alles noch einmal durchmachen zu müssen.

»Ich glaube, sogar Dr. Bob ist Lieselottes Tod ziemlich nahe gegangen – für seine Verhältnisse. Nicht mal ein dummer Spruch heute Morgen ...«

Charlotte nannte ihren Chef heimlich immer Dr. Bob – wie den Arzt aus der Tierklinik der Muppet-Show. Nicht etwa wegen der großen Ähnlichkeit – es lag eher an dem schrägen, teilweise auch sehr derben Humor, den Dr. Klaaßen und Dr. Bob alias Rowlf, der Hund, teilten.

»Und wie geht es Christine?«, fragte Charlotte mitfühlend.

»Ihre Eltern sind heute Vormittag zurückgekommen und kümmern sich um alles. Es war wirklich sehr schwer für sie.«

»Ich weiß. Wenn ich mir vorstelle, ich hätte dich so gefunden ...« Sie schluckte. »Versprich mir, dass du mich anrufst, wenn ... wenn du meinst, dass es wieder so anfängt, wie damals ... bei Opa.«

»Ich verspreche es dir, es wird bestimmt nicht noch einmal passieren.«

Das hoffe ich sehr, dachte Charlotte, während sie sich von ihrer Oma verabschiedete.

Kapitel 2

»Ei, Großmutter, was hast du für große Augen!« –
»Dass ich dich besser sehen kann!«

Donnerstag, 13. September

Völlig erledigt ließ Helene sich in ihren Gartenstuhl fallen und bog ihren schmerzenden Rücken durch. Es war ein herrlicher Spätsommertag und sie spürte die Wärme der letzten Sonnenstrahlen auf ihrem Gesicht. Sie kam gerade von ihrem ehrenamtlichen Besuchsdienst in der *Seniorenresidenz am Schlosspark* und musste bedauerlicherweise zugeben, dass sie mit ihren 69 Jahren wohl auch nicht mehr die Jüngste war. Obwohl sie doch eigentlich noch ziemlich gut in Form war – für ihr Alter. Aber vier Stunden am Stück spazieren gehen, das war für heute wirklich sportliche Aktivität genug. Wenn nicht sogar für den Rest der Woche.

Sie schloss die Augen und war kurz davor einzunicken, als das Telefon klingelte. Ein wenig genervt griff sie zum Hörer, der neben ihr auf dem Gartentisch lag.

»Moin, Helene, hier ist Marita.« Marita Bunger war die Küsterin der reformierten Kirche in Loga.

»Moin, Marita. Was gibt's?«

»Ich wollte dich eigentlich um einen Gefallen bitten.«

Typisch Marita, dachte Helene. Warum auch erst viele Worte machen? »Dann tu's doch einfach.«

»Könntest du mich morgen Nachmittag bei einer Beerdigung vertreten? Ich weiß, es ist ein bisschen kurzfristig, aber es wäre echt toll. Ich habe mich nämlich für einen VHS-Kurs angemeldet – und den würde ich nur ungern absagen.«

»Klar doch, kein Problem.«

Helene hörte, wie Marita erleichtert aufatmete. »Vielen Dank, dass ist wirklich lieb von dir.«

»Was muss ich denn machen? Das Übliche?« Sie hatte Marita schon mehrmals vertreten, deshalb wusste sie grundsätzlich, was zu tun war. Aber es konnte sich ja auch einmal etwas ändern.

»Ja, wie gehabt bei der Teetafel im Gemeindehaus die Oberaufsicht in der Küche führen. Zwei Nachbarinnen werden zum Bedienen kommen. Brot, Aufschnitt und Butterkuchen habe ich schon bestellt. Die Brote kann ich auch vormittags noch mit den Frauen fertig schmieren. Es werden sowieso nur fünfzehn bis zwanzig Leute zur Teetafel erwartet.«

»Wer ist denn überhaupt gestorben?« Helene hatte in den letzten Tagen die *Ostfriesen-Zeitung* nicht besonders gründlich gelesen – nicht einmal die Todesanzeigen.

»Janette Heydfeld. 82 Jahre. Wohnte hinten in der Daalerstraße.«

Helene überlegte. »Der Name sagt mir gar nichts. Woran ist sie denn gestorben?« Es war besser, die Fakten zu kennen, bevor man aus Unwissenheit etwas Falsches sagte, wenn Angehörige oder Bekannte der Verstorbenen sich mit einem unterhielten.

»Das ist eine ganz seltsame Geschichte, wie ich finde. Sie lag wohl morgens tot in ihrem Bett – mit 'nem Haufen Decken zugedeckt und mit voll aufgedrehter Heizung. Muss 'ne Bullenhitze in dem Zimmer gewesen sein.«

Helene wusste, dass Marita zu Übertreibungen neigte, deshalb sagte sie nur: »Vielleicht war ihr abends einfach nur kalt. Und dann ist sie bei aufgedrehter Heizung eingeschlafen.«

»Wenn du meinst …«, erwiderte Marita schnippisch. »Eine der Schwestern von den *Häuslichen Engeln* hat sie dann morgens gefunden.«

Häusliche Engel – so nannten sich die Mitarbeiter des Pflegedienstes von Dietmar Evers.

»Für wie viel Uhr ist die Beerdigung angesetzt?«

»Für zwei Uhr. Noch mal vielen Dank, dass du das für mich tust. Hast was gut bei mir.«

»Ist doch kein Problem. Ich hab sowieso nichts vor. Sag mal, was ist das denn überhaupt für ein Kurs, den du da machst?«

Marita zögerte einen Moment. »Aktmalerei.«

»Stehst du dabei vor oder hinter der Staffelei?«

»Helene!?« Marita tat entrüstet. »Davor natürlich!«

»So, so! Na, dann viel Spaß!« Lachend verabschiedete sich Helene und legte auf.

Freitag, 14. September

Als die beiden Nachbarinnen der Verstorbenen nach der Trauerandacht zum Gemeindehaus kamen, hatte Helene den Tee in dem großen Teeautomaten schon angesetzt und der Kaffee war auch fertig. So standen sie in der Küche und warteten auf die übrigen Trauergäste.

Die jüngere der Frauen hatte sich Helene als Martina Richter vorgestellt. Sie machte auf Helene einen eher schüchternen Eindruck und stand damit im völligen Gegensatz zu der anderen Nachbarin. Rita Elsen war eine resolute Person um die sechzig. Sie war klein und stämmig und hatte eine schrille, durchdringende Stimme.

»Haben Sie Frau Heydfeld gekannt?«

»Nein«, sagte Helene, »ich glaube nicht. Vielleicht vom Sehen.«

»Das wohl eher weniger«, vermutete Rita. »In letzter Zeit ist sie fast gar nicht mehr rausgegangen. Und wenn, dann nur, um das Nötigste zu besorgen. Sie war schon ein bisschen durcheinander, wissen Sie – verwirrt.« Sie machte mit dem Finger eine kreisende Bewegung an der Seite ihres Kopfes.

Das ist also die Erklärung für die Decken und die voll aufgedrehte Heizung, dachte Helene.

»Und Arthrose hat sie auch so schlimm gehabt. Hauptsächlich in den Händen. Deshalb war das auch immer ein ziemliches Durcheinander bei ihr.«

»Hat sich denn keiner um sie gekümmert?«

Rita winkte verächtlich ab. »Ach, wer denn? Ihr Mann ist schon lange tot. Und Kinder? Da gibt es nur eine Tochter. Die ist vielleicht alle Jubeljahre mal vorbeigekommen. Und die, die sich sonst noch Angehörige nennen und sich heute bei der Trauerfeier die Augen ausgeheult haben, sind nichts als pure Heuchler. Insgeheim haben die sich doch schon überlegt, was es bei Janette wohl noch zu holen gibt. Aber viel ist da nicht mehr, das kann ich Ihnen sagen.« Rita war so entrüstet, dass ihre Stimme immer lauter wurde.

Helene sah durch die einen Spaltbreit geöffnete Küchentür, dass soeben die ersten Trauergäste eintrafen. Sie hatte das Bedürfnis, den Zeigefinger an die Lippen zu legen und »Psst, nicht so laut« zu Rita zu sagen. Aber sie unterdrückte diesen Drang, weil sie vermutete, dass Rita sowieso nicht zu den Leuten gehörte, die sich den Mund verbieten ließen.

»Seit einigen Monaten kam nämlich morgens und abends der Pflegedienst. Und dreimal in der Woche die *Leeraner Heimkost*. Essen auf Rädern. Und man weiß ja, was das alles kostet. Da bleibt nicht mehr viel übrig von einer kleinen Rente. Ich denke, Janette musste sogar noch von ihrem Ersparten was zubuttern, um das bezahlen zu können. Sie hat immer sehr sparsam gelebt. Aber nicht, damit möglichst viel für die Schmarotzer da draußen bleibt«, sie zeigte abfällig mit dem Kopf in die Richtung, »sondern weil einfach kein Geld da war.« Rita hatte ihre Hände in die Hüften gestemmt und sich direkt vor der halb offenen Tür aufgebaut, damit auch alle, die im Flur standen, mitbekamen, was sie von ihnen hielt.

Helene versuchte sie zum Schweigen zu bringen, indem sie ihr eine Teekanne in die Hand drückte und sie zum Ausschenken hinausschickte. Dabei bemerkte sie den merkwürdig watschelnden Gang, mit dem Rita Elsen sich bewegte.

Martina Richter, die andere Nachbarin von Frau Heydfeld, hatte während der ganzen Zeit still neben ihnen gestanden. Nun nahm sie unaufgefordert eine Kaffeekanne von der Anrichte und beeilte sich, Rita zu folgen.

Aber wenn Helene glaubte, damit hätte sie Rita ruhiggestellt, hatte sie sich geirrt. Kaum war sie zurück in der Küche, ging es auch schon weiter.

»Ich sag Ihnen mal was. Wenn ich nicht immer mal zu ihr rüber wäre, um ihr zu helfen, wäre sie in ihrem eigenen Dreck umgekommen. Die vom Pflegedienst kümmern sich da nämlich nicht drum, wie es in der Wohnung aussieht. Die halten sich nur strikt an ihren Plan. Die hauen dir einen Waschlappen durchs Gesicht, bürsten durch die Haare, schmieren dir ein Brötchen – alles genau nach Zeitplan im Minutentakt.«

Helene versuchte, darauf etwas zu erwidern, doch Rita ließ sie nicht zu Wort kommen.

»Ich weiß, was Sie sagen wollen. Die Schwestern können auch nichts dafür. Das weiß ich wohl. Deshalb habe ich mich ja auch bereit erklärt, die Betreuung für Janette zu übernehmen. Damit meine Hilfe sozusagen einen ordentlichen Rahmen erhält. Aber dazu ist es dann nicht mehr gekommen.« Plötzlich hatte Rita Tränen in den Augen. Sie holte ein großes hellblau geblümtes Taschentuch irgendwo aus den Falten ihres Rockes hervor und schnäuzte sich laut.

»Wissen Sie, so zu sterben, das hatte sie nicht verdient. Auch wenn sie nie zur Kirche gegangen ist.« Sie schnäuzte sich noch einmal und steckte das Taschentuch in den Ärmel ihres Pullovers.

Helene starrte fasziniert und etwas angeekelt auf die

Beule, die das Taschentuch verursachte, und fragte beiläufig: »Sie lag doch tot in ihrem Bett …«

»Ja, das ist schon richtig. Am Montagmorgen hat Schwester Monika bei ihr geklingelt, aber sie hat nicht aufgemacht. Normalerweise war sie immer schon auf, wenn die Schwester kam. Weil aber noch nicht einmal die Rollos hochgezogen waren, hat sich Schwester Monika schon gedacht, dass da was nicht stimmt. Sie ist dann also rein – sie hatte nämlich einen Schlüssel für den Notfall – und hat sich schon im Flur gewundert, dass es so heiß ist.«

Helene fiel auf, dass Rita mittlerweile geheimnisvoll flüsterte. Sie schämte sich ein wenig, weil sie ihr so gebannt zuhörte.

»Sie ist durchs ganze Haus gelaufen und hat nach Janette gerufen, aber keine Antwort. Und dann …«, verschwörerisch winkte Rita Helene und Martina näher zu sich heran, »… dann ist sie ins Schlafzimmer und da lag sie – komplett angezogen – in ihrem Bett … zugedeckt mit mehreren dicken Decken … und die Heizung voll aufgedreht. Und sogar eine Mütze hat sie aufgehabt.«

Helene und Martina sahen sich an.

»Ihr braucht gar nicht so zu gucken. Ich habe es mit meinen eigenen Augen gesehen.«

»Eine Mütze? Im Bett?« Irgendwie fand Helene das nun doch ein bisschen unheimlich.

»Jawohl, eine Mütze. Was Leute so machen, wenn sie hier oben nicht mehr ganz richtig sind.«

Rita tippte sich mit dem Finger an die Stirn und schüttelte den Kopf. Dann nahm sie eine der Teekannen und ging hinaus zur zweiten Runde.

*

»Mann, jetzt merk ich erst, was für einen Hunger ich habe.« Charlotte saß auf der Anrichte in der Küche und sah ihrer Oma dabei zu, wie sie Zwiebeln und Paprika in dünne Streifen schnitt. Sie hatten es sich zur Gewohnheit gemacht, sich ein- oder zweimal im Monat zu treffen, um neue Kochrezepte auszuprobieren. Meistens entdeckte Charlotte irgendetwas im Internet, das unbedingt nachgekocht werden musste.

Und gerade jetzt, nach dem Tod von Lieselotte, war der ursprüngliche Sinn dieser Treffen wieder in den Vordergrund gerückt – Oma Lene von allzu schwermütigen Gedanken abzulenken und sie nicht wieder in ihre alte traurige Welt abrutschen zu lassen. Charlotte war klar, dass sie dabei manchmal fast überzogen fröhlich und ausgelassen vorging, aber die Angst und Sorge um ihre Oma trieben sie dazu.

Heute gab es Gyrossuppe – und obwohl sie noch nicht fertig war, roch es aus dem großen Suppentopf schon sehr vielversprechend.

Sie liebte diese Abende bei ihrer Oma. Sie hatten immer viel Spaß und zudem war es extrem gemütlich.

Im Gegensatz zu ihren Eltern war ihre Oma total locker und unkompliziert.

Ihr Vater Hannes – eigentlich Johannes – war schon ganz okay. Schließlich war er ja auch der Sohn von Oma Lene. Aber ihre Mutter! Wenn sie an ihre Mutter dachte, hörte sie in ihrem Kopf immer nur diese hohe näselnde Stimme, die nichts konnte außer herumzumeckern: Charlotte, wie siehst du denn wieder aus! Charlotte, du willst doch nicht in diesem Aufzug zur Arbeit gehen! Charlotte, man lacht nicht so laut! Charlotte, man spricht nicht so von seinem Chef! Charlotte, wo willst du hin? Doch nicht schon wieder zu Oma!

Für ihre Mutter, Sibylle, war Charlotte eine einzige Enttäuschung. So jedenfalls fühlte es sich für sie an. Sibylle hatte vor Verwandten und Freunden stets damit geprahlt, ihre Tochter würde Medizin studieren. Das war allerdings während Charlottes Grundschulzeit gewesen, noch bevor sie überhaupt aufs Gymnasium gegangen war.

Trotz großer Mühe, einem See voller Tränen und einer

Unmenge an Nachhilfestunden hatte sie es aber doch nur zu einem eher mäßigen Abitur gebracht. Ihre Mutter war am Boden zerstört gewesen, obwohl Charlotte ihr Bestes gegeben hatte. Und als sie erfuhr, dass ihr eigen Fleisch und Blut einen Ausbildungsplatz als Sprechstundenhilfe bei Dr. Klaaßen angenommen hatte, stand sie kurz vor einem Nervenzusammenbruch.

»Ausgerechnet Dr. Klaaßen«, hatte sie immer wieder gejammert. »Ausgerechnet der. Da geht doch die Hälfte der Verwandtschaft hin. Ach, Charlotte ...warum tust du deiner armen Mutter das an?!«

Charlotte hingegen hatte sich riesig gefreut. Eine Bewerbung und gleich eine Zusage! Zudem machte ihr die Arbeit viel Spaß, sie verstand sich gut mit den Kolleginnen und wurde nach der Ausbildung sogar übernommen. Jetzt arbeitete sie schon fünf Jahre dort. Neben Yvonne war sie die einzige Vollzeitkraft. Sie wusste alles über jeden, der dort ein- und ausging – natürlich auch über jeden Verwandten. Vielleicht war gerade das einer der Gründe, warum von dieser Seite nie wieder eine dumme Bemerkung über ihr eher unterdurchschnittliches Abi gefallen war.

»Hier, was sagst du?« Oma Lene hielt ihr einen Löffel Suppe hin.

»Mmhhh. Schmeckt super. Schon fertig?«

»Ja, so gut wie. Wenn du willst, kannst du den Tisch decken.«

Charlotte stellte alles, was sie brauchte, auf ein Tablett und brachte es ins Esszimmer. Während sie dort die Teller auf den Tisch stellte, kam ihre Oma mit der Suppe herein. Sie setzten sich an den großen Esstisch und Charlotte sog gierig den heißen Suppendampf in die Nase.

»Na dann, guten Hunger.«

»Danke, dir auch.«

*

Eine Weile aßen sie schweigend, bis Helene fragte: »Sag mal, Lotte, gibt's eigentlich was Neues von der Männerfront?«

»Nein, leider nicht«, sagte Charlotte leise, ohne von ihrem Teller aufzublicken.

Helene bedauerte es sehr, dass ihre Enkeltochter einfach kein Glück in der Liebe hatte. Das lag bestimmt nicht daran, dass sie schüchtern war. Ganz im Gegenteil – wenn ihr jemand gefiel, dann ging sie geradewegs auf ihn zu und sprach ihn an. Und da sie ein hübsches Mädchen mit einem offenen, fröhlichen Wesen war, hatte sie auch keine Probleme, sich mit den Jungs zu verabreden. Nur war bis jetzt noch nie etwas Passendes dabei gewesen.

Hinterher fällte Charlotte stets ein Urteil über den Bewerber: »Inferno« war das Größte, Höchste, was es zu erreichen gab – die volle Punktzahl, also Mr. Right.

Der Kandidat, der bisher am schlechtesten abgeschnitten hatte, war »Mr. Feuerzeug auf Sparflamme«.

Helene tat es schon leid, dass sie überhaupt gefragt hatte. Sie hatte schon bemerkt, je älter Charlotte wurde, desto schwieriger wurde es offensichtlich auch für sie, darüber zu reden.

Ohne ein weiteres Wort zu diesem Thema zu verlieren, aß Helene den letzten Rest ihrer Suppe.

»Wie war das denn damals bei dir? Woher hast du gewusst, dass Opa der Richtige ist?« Charlotte schien sich also doch noch für das Thema zu interessieren.

»Tja, woher habe ich das gewusst?« Das war eine wirklich gute Frage. Helene war sich nicht einmal sicher, ob sie die überhaupt beantworten konnte. Sie hatte damals, in jungen Jahren, zwei Verehrer gehabt, die sich alle erdenkliche Mühe gegeben hatten, um sie für sich zu gewinnen. Einer war ihr verstorbener Mann Ernst, der andere Richard Kohnen. Beide hatten bei der Polizei in Leer gearbeitet, waren Arbeitskollegen und Freunde gewesen. Eine Zeit lang war sie abwechselnd einmal mit dem einen, dann wieder mit dem anderen ausgegangen. Sie hatte beide sehr gern gehabt und konnte sich nicht entscheiden. Bis ihre Eltern sie zu einer Entscheidung gezwungen hatten, weil sie den guten Ruf ihrer Tochter gefährdet sahen. Schließlich war es Ernst gewesen, den sie heiratete. Doch warum er und nicht Richard? – Diese Frage konnte sie nicht ausreichend beantworten. Deshalb sagte sie: »Es waren einfach andere Zeiten damals. Du kannst das mit heute nicht vergleichen. Aber glaube mir, mein Herz, du wirst es merken, wenn *er* es ist. Du brauchst einfach Geduld …«

»… und Spucke, Oma, ich weiß.« Sie seufzte und schob ihren leeren Teller beiseite.

Es tat Helene leid, dass sie ihr nicht mehr bieten konnte als diese abgegriffenen Floskeln.

»Weißt du was?«, sagte Charlotte, »vergiss den ganzen Männerkram und lass uns lieber über was anderes reden. Du hast mir noch gar nicht erzählt, was du heute so gemacht hast?«

»Heute Nachmittag habe ich Marita Bunger bei der Beerdigung von Janette Heydfeld vertreten.«

»Ach, die aus der Daalerstraße. Mit der Mütze im Bett«, sagte Charlotte amüsiert.

»Woher weißt du das denn?« Aber schon im nächsten Moment dämmerte es Helene. »Aber klar – sie war eine Patientin von euch.«

»Genau. Deshalb musste Dr. Bob auch die Leichenschau machen. Als er wieder da war, hat er Yvonne und mir gleich davon erzählt.« Charlotte lachte. »Entschuldige bitte. Das ist eigentlich nicht zum Lachen. Schließlich war die arme Frau demenzkrank. Andererseits hatte ich nicht den Eindruck, dass die Krankheit schon so weit fortgeschritten war. Das letzte Mal, als ich bei uns in der Praxis mit ihr gesprochen habe, ging es ihr noch ganz gut. Sie hatte vielleicht ein paar Wortfindungsschwierigkeiten und Probleme mit dem Zeitgefühl, aber sonst …«

»Und woran ist sie letztendlich gestorben?«, fragte Helene voller Neugier – obwohl sie wusste, dass Charlotte eigentlich nicht darüber sprechen durfte. »Ich erzähl's auch niemandem weiter«, versprach sie, als sie ihr Zögern bemerkte.

»An Kreislaufversagen wegen Überhitzung.«

»Ihre Nachbarin Rita Elsen hat schon erzählt, dass die Heizung voll aufgedreht war.«

»Oh, Rita Elsen, die olle Quasselstrippe.« Charlotte verdrehte die Augen. »Wenn die bei uns im Wartezimmer sitzt … die macht wirklich jedem Alleinunterhalter Konkurrenz. Neulich musste ich einen Patienten sogar dreimal für's Behandlungszimmer aufrufen und trotzdem ist er nicht rausgekommen – ich also rein und weißt du, was er zu mir gesagt hat: ›Ich kann jetzt noch nicht mitkommen – Rita ist mit ihrer Geschichte noch nicht fertig.‹ Unglaublich oder? Aber das mit der Heizung stimmt. Hat Dr. Bob auch gesagt.«

»Die arme Frau.«

Mit zunehmendem Alter dachte auch Helene immer öfter darüber nach, wie es ihr einmal ergehen würde, wenn ihr Leben sich dem Ende näherte. Wie würden ihre letzten Tage sein? Würde alles ganz schnell gehen? Oder stünde ihr noch eine lange leidvolle Zeit bevor?

Durch den plötzlichen Tod ihres Mannes war ihr erst richtig bewusst geworden, dass wirklich jeder Tag der letzte sein konnte. Und auch ihre Freundin Lieselotte war völlig unerwartet von jetzt auf gleich aus dem Leben geschieden. Das machte ihr Angst.

Um sich von diesen dunklen Gedanken abzulenken, fing sie an, den Tisch abzuräumen. Charlotte half ihr. Während sie die Spülmaschine einräumte, fragte sie: »Und, Oma, was machst du morgen?«

»Wischmeyers haben mich gefragt, ob ich ihnen morgen bei der Auflösung von Lieselottes Haushalt helfen kann.«

»Oh, das ist aber eine traurige Aufgabe.«

»Ja, das ist es. Ich hoffe nur, ich kann mich genug zusammenreißen, um überhaupt eine Hilfe zu sein.«

»Eins sag ich dir, Oma: Schalt bloß den Autopiloten nicht ein.«

»Nein, mein Herz.« Helene lächelte ihre Enkeltochter über das schmutzige Geschirr hinweg an. »Das werde ich nicht. Versprochen.«

Samstag, 15. September

Haushaltsauflösungen gingen einher mit viel Schweiß und vielen Tränen. Das wusste Helene jetzt. Den ganzen Tag hatten sie zu viert in Lieselottes Wohnung geschuftet, aber ein Ende war noch lange nicht in Sicht.

Die Dinge, die die Familie behalten wollte – hauptsächlich Erinnerungsstücke wie Fotos und Schmuck – hatte Manfred schon vor ein paar Tagen aussortiert.

Alles andere wurde in vier Kategorien aufgeteilt. Einige der neueren Möbel und Haushaltsgeräte holte ein Mitarbeiter des Auktionshauses in Ihrhove ab, um sie zu verkaufen. Bücher und Kleider sollten gespendet werden. Der große Rest landete entweder beim Sperrmüll oder wurde in Abfallsäcke gestopft.

Manfred hatte Helene angeboten, sich doch das ein oder andere Stück als Andenken an ihre Freundin mitzunehmen.

Jetzt kniete sie neben einer der Bücherkisten und sah sich die Sammlung an. Überwiegend Gedichtbände. Lieselotte hatte eine große Vorliebe für Gedichte gehabt.

Helene nahm ein dunkelgrün eingebundenes Buch zur Hand – *Deutsche Dichter Band 2* – und schlug wahllos eine Seite auf. *Vergänglichkeit der Schönheit* von Christian Hoffmann von Hoffmannswaldau.

Sowohl Lieselotte als auch sie selbst hatten es damals in der Schule auswendig lernen müssen. Erst vor ein paar

Wochen hatte Lieselotte genau dieses Gedicht noch flüssig und fehlerfrei aufgesagt. »*Es wird der bleiche tod mit seiner kalten hand – dir endlich mit der zeit umb deine brüste streichen* ...«

Helene schluckte. Die Zeilen verschwammen vor ihren Augen. Sie schlug das Buch zu und legte es zurück. Sie wischte sich mit dem Handrücken über die Augen und suchte weiter.

Zwischen Ringelnatz und Hesse fand sie ein altes Märchenbuch. *Grimms Kinder- und Hausmärchen*. Beim Herausnehmen bemerkte sie allerdings, dass es gar nicht alt war und wollte es schon zurückstecken, als sie entdeckte, dass eine der Seiten umgeknickt war. Sie fuhr mit dem Zeigefinger an die Stelle und öffnete das Buch. *Schneewittchen*. Einen Moment lang dachte sie daran, den Knick zu entfernen. Aber dann ließ sie es doch sein. Vielleicht war es Lieselottes Lieblingsmärchen gewesen.

Nachdem sie die Bücherkisten durchgesehen hatte, schaute sie sich im Wohnzimmer um.

In einem der Schränke entdeckte sie den Kluntjepott, der aussah wie ein dickes Schaf. Lieselotte hatte ihn bei einem ihrer gemeinsamen Ausflüge nach Borkum gekauft. Helene erinnerte sich daran, wie sie und ihre Freundin wegen dieses geschmacklosen Souvenirs die letzte Fähre verpasst hatten. Ihre Männer waren damals aus Wut über die Unentschlossenheit ihrer Frauen, das alberne Ding zu kaufen oder eben nicht, einfach ohne sie zurückgefahren. Der Versuch, für die Nacht ein Zimmer zu bekommen, war kläglich gescheitert. Es war alles ausgebucht gewesen. Schließlich hatten Lieselotte und sie die Nacht am Strand verbracht. Es war eine der schönsten Nächte ihres Lebens gewesen.

Vorsichtig nahm Helene das dicke Keramikschaf in ihre Hände, streichelte es liebevoll und legte es in ihren Andenkenkarton.

Es war schon dunkel, als Helene nach Hause kam. Sie stellte den kleinen Pappkarton mit Lieselottes Sachen auf den Küchentisch. Das war also alles, was ihr von ihrer Freundin geblieben war. Das – und ihre Erinnerungen. Sie umfasste die Kiste mit den Armen, legte ihren Kopf darauf und weinte.

Kapitel 3

»Aber sie konnte mit der großen Zehe nicht hineinkommen, und der Schuh war ihr zu klein …«

Freitag, 28. September

»Es tut mir wirklich leid, Frau Harms, aber im Wartezimmer ist kein Platz mehr. Wenn Sie wollen, können Sie sich gern hier in den Flur setzen.« Charlotte versuchte den Überblick zu behalten, was bei dem Ansturm, der momentan die Praxis überrollte, wirklich nicht einfach war. Außerdem schienen die meisten Patienten heute irgendwie noch miesepetriger gelaunt zu sein als sonst.

Frau Harms zum Beispiel dachte gar nicht daran, im Flur zu warten, sondern lief wutschnaubend an ihr vorbei und schrie: »Dann such ich mir eben einen andern Arzt. Dieser hat ja sowieso nie Zeit. Und meine zehn Euro Praxisgebühr können Sie dann auch vergessen.«

»Wie schade«, brüllte Yvonne hinter ihr her. »Wo wir uns für *Ihre* zehn Euro doch immer ein Eis kaufen!« Sie knallte die Praxistür hinter Frau Harms zu. »Hat sonst noch jemand was zu meckern?«

Eingeschüchtert blickten die übrigen Patienten zu Boden.

»Glück gehabt«, murmelte sie und stapfte zurück hinter die Anmeldung.

Charlotte hatte Yvonne ja schon oft mit schlechter Laune erlebt – eigentlich war das ihr Normalzustand – aber heute …

»Charlotte«, dröhnte es plötzlich aus der Gegensprechanlage.

»Ja, Dr. Klaaßen?«

»Halten Sie sich bitte bereit. Sie müssen mich gleich zu einem Notfall begleiten.«

Auch das noch. Wutentbrannt starrte Yvonne erst sie an und dann die Menge der wartenden Patienten. Drohend kniff sie ihre Augen zusammen. Charlotte sah ihr an, was sie dachte: ›Nein, das wirst du mir jetzt nicht antun! Du wirst mich hier nicht mit dieser Meute allein lassen!‹

Doch sie hatte keine andere Wahl. Zwei Minuten später saß sie neben Dr. Klaaßen in dessen Auto und fuhr mit ihm in Richtung Händelstraße.

»Ach übrigens, es ist eigentlich gar kein Notfall«, erklärte er ihr beiläufig, als er vom Birkenweg in die Mozartstraße abbog. »Eher eine Leichenschau.«

»Wie bitte?« Charlotte dachte, sie hätte sich verhört.

»Mir hat das neulich sehr gut gefallen, wie Sie sich bei Lieselotte Wischmeyer um die Angehörigen gekümmert und mir den Rücken freigehalten haben …«

»Angehörige?! Sie wissen doch genau, dass das meine Oma war!«

»Ist doch egal. Auf jeden Fall konnte ich in Ruhe meine Arbeit machen und hatte nicht während der ganzen Zeit eine Horde heulender Hinterbliebener am Hals. Wäre gut, wenn Sie das heute auch so hinkriegen könnten.«

Charlotte war fassungslos. Sie hatte absolut keine Ahnung, wie sie es anstellen sollte, völlig Fremden Trost zu spenden – und das auch noch, während die Verstorbene im Nebenzimmer lag.

Charlotte stand in der Küche von Marianne Busboom und sah unverwandt auf die riesige Blutlache, die sich dort auf den hellgrauen Fliesen ausgebreitet hatte.

Sie wollte aus dem Zimmer rennen oder wenigstens wegschauen, aber sie konnte es nicht. Ein Teil von ihr, den sie bis jetzt nicht gekannt hatte, war schaurig fasziniert von dem Anblick und hielt sie gefangen.

Ihre Augen wanderten von den kurzen grauen, dauergewellten Haaren, die in ordentliche Locken gelegt waren, über den hellgrünen Strickpullover mit Zopfmuster und den dunkelblauen Faltenrock, den die alte Dame trug, hinunter zu den nackten, nahezu weißen Unterschenkeln und Füßen.

Im rechten Fuß von Frau Busboom klaffte eine große Schnittwunde, die offensichtlich von einem zerbrochenen Glas herrührte. Die Scherben und der Inhalt des Weckglases, braune Linsen, lagen überall neben ihr auf dem Boden verstreut. Zu ihrer Erleichterung konnte Charlotte ihr Gesicht nicht erkennen, weil der Kopf in die andere Richtung gedreht war. Frau Busboom lag halb auf der Seite, die Hände in Richtung des verwundeten Fußes ausgestreckt.

»Oh, ›Land unter‹«, hatte Dr. Bob ihr zugeflüstert, als er zusammen mit ihr den Raum betreten hatte. »Gut, dass ich mein Seepferdchen noch gemacht habe.« Manchmal hasste sie ihn für seinen derben Humor.

Charlotte erfüllte die Aufgabe, die ihr Chef ihr aufgetragen hatte, zu seiner vollsten Zufriedenheit. Sie behielt es allerdings für sich, dass es ihr in diesem Fall nicht besonders schwergefallen war, die Trostspenderin zu spielen, weil es allem Anschein nach gar nicht nötig gewesen war. Bei der Tochter und dem Schwiegersohn von Frau Busboom, die im Wohnzimmer des Hauses warteten, bis Dr. Klaaßen seine Arbeit beendet hatte, hielt sich das Ausmaß von Erschütterung und Trauer in sehr engen Grenzen.

Charlotte schämte sich beinahe für das Verhalten der beiden, die sich während der Wartezeit in völlig normalem, bisweilen sogar heiterem Plauderton unterhielten – so, als sei nichts Ungewöhnliches passiert. Vorsorglich verschwieg Charlotte, dass sie Katie, die Tochter des Paares, noch von der Schule kannte. Sie hatte keine Lust, sich die Lobeshymnen stolzer Eltern auf eine ehemalige, nicht besonders beliebte Mitschülerin anzuhören.

Nach einer schier endlos scheinenden Viertelstunde kam Dr. Klaaßen zu ihnen ins Wohnzimmer.

»Ich werde die Polizei verständigen müssen«, erklärte er dem Schwiegersohn von Frau Busboom. Der rollte gereizt mit den Augen.

»Tut mir leid, aber so will es nun mal der Gesetzgeber. Also, wo ist das Telefon?«

Die Tochter zeigte mit einem ungeduldigen Seufzen auf den schnurlosen Apparat, der auf einem kleinen Beistelltisch lag.

»Und Charlotte, Sie gehen schon mal zurück in die Praxis und helfen Yvonne, bevor sie alle Patienten vergrault. Ich komme dann später nach.«

Na toll, dachte Charlotte, jetzt darf ich auch noch zu Fuß zur Praxis zurücklaufen.

Verärgert nahm sie im Flur ihre Jacke von der Garderobe, als sie plötzlich diesen merkwürdigen Geruch bemerkte. Es roch irgendwie nach Weihnachtsbaum, nur ziemlich künstlich. Wie bei diesen widerlichen Duftbäumen fürs Auto.

Dreieinhalb Stunden später stand Charlotte in der Fußgängerzone am Denkmalplatz und hielt Ausschau nach ihrer Oma, mit der sie sich zum Einkaufsbummel verabredet hatte. Sie drehte sich einmal um sich selbst und sah Oma Lene auch schon fröhlich winkend aus Richtung des Cafés *Schöne Aussichten* auf sich zukommen.

»Hallo, Lotte. Na, habt ihr's doch noch geschafft, alle gesund ins Wochenende zu schicken?«

»Ob gesund, weiß ich nicht. War mir zuletzt auch, ehrlich gesagt, egal. Hauptsache, aus der Praxis raus.«

Ihre Oma lachte. »Hast du denn überhaupt schon etwas gegessen, mein Herz?«

Charlotte schüttelte den Kopf. »Ich hol mir da vorn schnell ein belegtes Brötchen. Das reicht mir. Möchtest du auch was?«

»Eine Tasse Kaffee vielleicht.«

Eilig verschwand Charlotte in der nächsten Bäckerei.

Als sie mit dem Brötchen und zwei Tassen Kaffee wieder nach draußen kam, saß ihre Oma bereits an einem der wenigen freien Tische.

»Das war wirklich unglaublich. Ich habe echt gedacht, Loga wird ganz plötzlich von einer Epidemie heimgesucht.« Herzhaft biss Charlotte in ihr Mittagessen und fügte dann mit vollem Mund hinzu: »Aber alles wäre ja nur halb so schlimm gewesen, wenn ich nicht mit Dr. Bob zu einer Leichenschau gemusst hätte.«

»Du?«, fragte Oma Lene erstaunt.

»Ja, ich sollte mich um die Angehörigen kümmern. So wie ich es an dem Abend bei Lieselotte bei dir und Christine gemacht habe. Dabei hast du dich eigentlich doch eher um uns gekümmert.«

»Und, war's sehr schlimm?«

»Nein. Anwesende Tochter und Schwiegersohn hatten sich gut im Griff. Für meinen Geschmack etwas zu gut.«

»Wer ist denn gestorben? Kenne ich denjenigen vielleicht?«

Charlotte blickte sich nach allen Seiten um und flüsterte dann: »Diejenige. Marianne Busboom aus der Händelstraße. Sagt dir das was?«

»Nein«, flüsterte ihre Oma zurück. »Noch nie gehört. Aber warum sprichst du eigentlich so leise.«

»Weil es niemanden etwas angeht, bevor es nicht in der Zeitung gestanden hat. Noch dazu, weil es ein tragischer Unfall war.«

»Unfall?«

»Sie lag tot in der Küche – verblutet.« Bei der Erinnerung daran fuhr ihr ein Schauer über den Rücken und sie schüttelte sich.

»Aber wie kann denn so etwas passieren?« Oma Lene sah sie entsetzt an.

»Sie war *Marcumar*-Patientin. Das ist ein Mittel, das die Blutgerinnung herabsetzt. Ihr ist wohl in der Küche ein Glas mit Linsen heruntergefallen und sie hat sich dabei eine tiefe Schnittwunde am Fuß zugezogen. Weil sie ganz allein gewohnt hat, war keiner da, der ihr helfen konnte, deshalb ist sie verblutet.«

»Aber wer hat euch dann angerufen?«

»Der Pflegedienst. Frau Busboom hatte vor zwei Jahren einen Schlaganfall und konnte seitdem ihren rechten Arm nicht mehr richtig gebrauchen. Die Schwester, die sie betreute, hat sie heute Morgen gefunden.«

»War sie da schon tot?«

»Ja. Sie ist schon irgendwann in der Nacht gestorben. Aber weil es ein Unfall war, musste Dr. Bob noch auf die Polizei warten. Darum hat sich alles so in die Länge gezogen.«

»Verstehe.«

»Weißt du, was seltsam war? Ich habe es dir nicht gesagt, aber an dem Abend, als Lieselotte ... ich meine, als wir in ihrem Haus waren, da hat es in ihrem Flur so komisch gerochen. Ist dir das auch aufgefallen?«

»Ja, irgendwie merkwürdig. Nach künstlicher Tanne.«

»Und genau so ein Geruch war auch im Flur von Frau Busboom. Seltsam, nicht?«

Oma Lene runzelte die Stirn. »Ja, seltsam.«

»Du weißt auch nicht, was das gewesen sein könnte, oder?«

»Nein, keine Ahnung.«

Charlotte sah, wie ihre Oma nachdenklich in ihrem Kaffee herumrührte. Sie steckte sich den letzten Bissen ihres Brötchens in den Mund und meinte: »Vielleicht fällt uns ja noch ein, woher dieser fiese Geruch gekommen sein könnte. Aber eigentlich wollten wir doch einkaufen gehen.«

»Du hast recht.« Wie um die wirren Gedanken zu vertreiben, schüttelte Oma Lene kurz den Kopf und lächelte Charlotte an. »Aber erst habe ich noch einen Anschlag auf dich vor.«

Charlotte tippte sich mit dem Zeigefinger vor die Brust und fragte überrascht: »Auf mich?«

»Hättest du Lust, am Wochenende mit mir und zwei, drei Leuten aus dem Altenheim zum plattdeutschen Theater zu gehen? Die *Spööldeel Loga* spielt wieder in der Möörkenschule.«

»Am Wochenende? Heißt das morgen?«

Ihre Oma nickte.

»Morgen Abend bin ich leider schon verabredet. Geht nicht auch nächste Woche?«

»Verabredet mit wem?« Oma Lene und ihre Neugier.

»Mit einem netten Seefahrtsschüler namens Jan.«

»Ein Seefahrtsschüler? Wie bist du denn an den gekommen?«

»War eigentlich ganz einfach. Ich war in der Altstadt spazieren und vorm *Taraxacum* hat er mich gefragt, ob ich wüsste, wo das Schulschiff der Seefahrtsschule liegt. Und spontan, wie ich nun mal bin ...«

» ... hast du ihn an die Hand genommen und ihn direkt zum Hafen bis zur *Aurora* gebracht.«

»Na ja, fast. Auf jeden Fall war er so dankbar, dass er mich für morgen Abend zum Italiener eingeladen hat.«

»Da bin ich ja mal gespannt.«

»Und ich erst!« Charlottes Augen strahlten. »Aber was ist denn nun mit nächster Woche?«

»Hm, wie wäre es mit Donnerstag?«

»Das passt mir gut. Wie heißt denn das Stück?«

»*Omas neije Brüg'n*.«

»*Omas neuer Bräutigam*!?«, übersetzte Charlotte. »Interessanter Titel. Da scheint ja mal jemand eine richtig gute Idee gehabt zu haben.«

»Hör bloß auf, Lotte!« Ihre Oma lachte laut auf. »Von wegen neuer Bräutigam. Jetzt bist du erst mal dran.«

»Warten wir's ab.« Charlotte trank ihren Kaffee aus und setzte das Geschirr zusammen. »Kann's losgehen?«

»Klar doch. Welche Richtung zuerst? Altstadt oder Leffers?«

»Am besten, wir rollen das Feld von hinten auf.«

»Also Altstadt. Und zum Abschluss essen wir noch ein Eis – aber ein vernünftiges.«

Charlotte grinste ihre Oma an und rieb sich die Hände. Sie wusste genau, was bei ihr mit »vernünftig« gemeint war.

Donnerstag, 4. Oktober

Mit schnellen Schritten lief Helene die letzten Meter der breiten Auffahrt der *Seniorenresidenz am Schlosspark* hinauf. Seit sie vor ein paar Minuten zu Hause aufgebrochen war, hatte der Regen noch zugenommen. Dicke Tropfen fielen wie ein Schleier zur Erde und ließen die Landschaft um sie herum farblos und trist erscheinen.

Heute war Donnerstag, Helenes Besuchstag im Altenheim. Wenn sie ehrlich war, hätte sie sich viel lieber mit einem guten Buch in ihr gemütliches Wohnzimmer gesetzt. Doch weil sie sich die Enttäuschung der alten Leute nur allzu gut – nahezu bildlich – vorstellen konnte, hatte sie sich schließlich wasserfest eingepackt und auf den Weg gemacht.

Noch vor wenigen Jahren war dort, am Ende des Lindenweges hin zur Kleinen Allee, nichts anderes als Ackerland gewesen, auf dem Mais angebaut wurde. Nun stand an genau dieser Stelle, angrenzend an den Evenburgpark, die Seniorenresidenz für gut situierte ältere Damen und Herren.

Von der Kleinen Allee aus sah man auf den Haupteingang des im Friesenhausstil errichteten Klinkerbaus. Die breite, grüne, doppelflügelige Tür in der Giebelwand wurde flankiert von zwei noch jungen Linden. Große, weiße Sprossenfenster ließen viel helles Tageslicht in das zweistöckige Gebäude. Die beiden Seitenarme des Hauses, die sich nach hinten zu einer U-Form erstreckten, bildeten einen großzügigen Innenhof, der durch seine Ausrichtung nach Süden von Angestellten und Bewohnern liebevoll nur »unser Sonnengarten« genannt wurde.

Die zwischen bunten Staudenbeeten aufgestellten Gartenstühle und Sitzbänke wurden von einigen der älteren Bewohner an sonnigen Tagen derart mit Beschlag belegt, dass es regelmäßig zu Streitereien um die besten Plätze kam.

Nach außen strahlte das ganze Haus eine große Gemütlichkeit aus. Doch wenn man wie Helene zu den wenigen regelmäßigen Besuchern der Residenz zählte, stellte man bald fest, dass es im Grunde ein Altenheim war wie jedes andere auch.

Einige der älteren Herrschaften waren noch rüstig genug, den Sonnengarten und die gepflegte Parkanlage zu genießen, die sich um die Evenburg herum erstreckte. Sie konnten ohne fremde Hilfe dort spazieren gehen. Für Bewohner, die auf einen Rollator oder einen Rollstuhl angewiesen waren, wurde es dagegen schon erheblich schwieriger – insbesondere, wenn sie sich allein hinauswagten.

Es war schon häufig vorgekommen, dass jemand auf seiner Runde durch den Park aus Versehen falsch abgebogen war und sich mit seinem Gefährt so zwischen den alten Baumwurzeln verhakt hatte, dass er sich aus eigener Kraft nicht mehr hatte befreien können. Deshalb bestand die allabendliche Aufgabe des Zivildienstleistenden darin, die Wege um die Evenburg nach unfreiwillig hängen gebliebenen Bewohnern abzusuchen.

Die bettlägerigen Patienten konnten sich dagegen nicht einmal mehr an der schönen Lage erfreuen. Es sei denn, sie hatten ein Zimmer zur Ostseite mit Blick auf die Burg und die majestätisch hohen Bäume.

Ansonsten blieb ihnen nur die gehobene Ausstattung der Zimmer. Ob das allerdings ein Trost war, wenn man ans Bett gefesselt auf den Tod wartete, hielt Helene für sehr zweifelhaft.

Was die Residenz jedoch in keinem Fall von den anderen Altenheimen unterschied, war die Tatsache, dass ein großer Teil der alten Herrschaften von ihren Angehörigen oder Bekannten kaum oder auch gar nicht besucht wurde.

Deshalb hatte Helene mit einigen Frauen aus ihrer Frauengruppe der reformierten Kirche Loga einen ehrenamtlichen Besuchsdienst ins Leben gerufen. Jede der Frauen hatte einen festen Tag in der Woche, an dem sie bestimmte Bewohner des Heimes besuchte, mit ihnen spazieren ging, Tee trank, klönte, mit ihnen Spiele spielte oder ihnen vorlas.

Donnerstags war Helenes Heimtag.

Sie saß im Aufenthaltsraum und spielte mit zwei Bewohnern schon die vierte Runde *Mensch ärgere dich nicht*.

Draußen schüttete es immer noch wie aus Eimern. Da es von vornherein nicht möglich gewesen war, heute spazieren zu gehen oder mit dem Rollstuhl auszufahren, hatten sie beschlossen, einen Spielenachmittag zu machen.

Herr Fritz war dran und würfelte eine Drei. Helene sah auf das Spielbrett und wusste, was das bedeutete.

»Ivan Klasnic stürmt mit dem Ball nach vorn … Lucio stellt sich ihm in den Weg und … fällt einfach zu Boden. Das gibt es doch gar nicht! Theatralisch hält sich der Bayern-Spieler den Fuß. Was für eine schauspielerische Glanzleistung!«

Helene hob ihre rote Figur auf und stellte sie zurück ins Haus.

Emil Fritz war 83 Jahre alt und wahrscheinlich genauso lange auch schon Fan des SV Werder Bremen. Immer wenn sie *Mensch ärgere dich nicht* spielten, wollte er nur die grünen Figuren. »Sonst spiel ich gar nicht mit.« Schließlich waren die Roten die Bayern, blau war Schalke und gelb Dortmund – und damit wollte er nichts zu tun haben.

Selbst Helenes Einwand »Nehmen Sie doch ausnahmsweise die Roten – Werder spielt heute in Auswärtstrikots« ließ er nicht gelten. Grün oder gar nicht – das war seine Devise.

Während des Spiels kommentierte er das Geschehen dann wie ein Sportreporter. Würfelte jemand eine Sechs, hieß es: »Langer Pass von hinten in den freien Raum …« Konnte er einen seiner Spieler ins sichere Haus bringen, jubelte er: »Tor, Tor, Tor! Der völlig verdiente Führungstreffer für den SV Werder Bremen!« Warf jemand eine seiner Figuren hinaus, schrie er: »Foul, Foul, ein böses Foul! Das muss doch Rot geben.« Manchmal stimmte er dann sogar Fangesänge an wie *»Schiri, wir wissen wo dein Auto steht«* oder *»You will never walk alone«*.

»Frau Weber, Sie sind dran.«

Frau Weber war Dortmund und es sah nicht gut aus für sie – noch kein Tor und bis auf einen Spieler alle auf der Ersatzbank. »Ich habe keine Lust mehr.«

»Aber Trientje. Du kannst doch nicht vor der neunzigsten Minute das Spiel abbrechen.« Herr Fritz war empört.

»Kann ich doch, ätsch.« Trientje Weber löste die Bremse ihres Rollstuhls und setzte zurück.

»Aber es ist doch sowieso gleich zu Ende, Frau Weber«, versuchte Helene die Situation zu retten.

»Nur noch ein Tor«, bettelte Herr Fritz, »dann ist Werder DFB-Pokal-Sieger.« Und lautstark fing er an zu grölen: *»Wir holen beide: Cup und Scheibe.«*

»Was ist denn hier los?« Schwester Birgit stand im Türrahmen und stemmte die Hände in die Hüften.

»Olé, super Werder, olé, olé, olé …"

»Nun kommen Sie mal wieder runter, Herr Fritz. Sonst verkaufe ich Ihren Tim Borowski.«

Fassungslos sah er sie an. »Das würden Sie doch nicht tun, Schwester?!«

»Nicht, wenn Sie sich ordentlich benehmen. Also, Ruhe jetzt!«

»Aber Trientje gönnt mir den Sieg nicht«, maulte er. »Und ich bin heute doch in Top-Form.«

»Schluss jetzt. Hier wird nicht herumgenörgelt. Hier wird was getan.« Und während sie das sagte, stellte sie einen Karton voller alter Bücher auf den Tisch – mitten auf das Spielbrett.

»He, erst wollen Sie meinen Timbo verkaufen und jetzt verüben Sie auch noch einen Anschlag auf ihn. Wie sollen wir denn ohne ihn Herbstmeister werden?«

»*Herr Fritz!*« Schwester Birgits Tonfall klang bedrohlich.

»Schon gut. Ich sag nichts mehr«, gab er kleinlaut zurück.

»Diese Bücher wurden uns gespendet«, erklärte sie an Helene gewandt. »Vielleicht könnten Sie die mit den Bewohnern durchsehen. Was noch gut ist, kommt in die hauseigene Bibliothek, der Rest wird weggeworfen. Alles klar?«

Noch bevor Helene nicken konnte, war die Schwester schon zur Tür hinaus.

»Dann wollen wir doch mal sehen, was es hier so gibt.« Helene griff in den Karton und zog ein Buch heraus. *Angélique und der König*.

»Das kenn ich«, rief Frau Weber. »Das ist mit so Schweinkram. Da gibt's auch noch mehr von.«

Helene holte noch eins hervor. *Unbezähmbare Angélique*.

»Sehen Sie. Hab ich ja gesagt.«

Nach und nach legte Helene weitere Bücher auf den Tisch, damit auch die übrigen Bewohner sie begutachten konnten. Dabei stand eins fest – egal, wem sie gehört hatten, derjenige oder, wie es schien, wohl eher diejenige hatte offensichtlich eine Vorliebe für lustvolle Liebesromane.

Bald schon saßen alle, die dazu noch in der Lage waren, mit einem Buch in der Hand und lasen eifrig. Das Wort Schweinkram hat seine Wirkung nicht verfehlt, dachte Helene amüsiert.

Sie holte die letzten vier Bücher aus dem Karton und stockte. *Grimms Kinder- und Hausmärchen*. Das gleiche Märchenbuch, das sie auch schon bei Lieselotte gesehen hatte. Merkwürdig. Sie schlug es auf und landete prompt bei *Rotkäppchen und der Wolf*, weil die Seite oben ein Eselsohr hatte – genau wie das von Lieselotte. Sie blätterte das Buch durch, auf der Suche nach einem Namenseintrag – nichts.

Draußen auf dem Flur ging Schwester Birgit vorbei.

»Schwester Birgit, entschuldigen Sie ...« Eilig stand Helene auf und lief ihr nach.

»Was gibt's, Frau Hövelmann? Haben Sie die Championsleague gewonnen?«

Helene lachte. »Nein, nein. Ich wollte nur fragen, wer die Bücher gespendet hat.«

»Soviel ich weiß, war es eine gewisse Gertrud Heydfeld, die den Karton hier abgegeben hat. Es waren wohl die gesammelten Werke ihrer kürzlich verstorbenen Mutter. Wieso?«

»Ach, nur so ... Wenn sonst keiner Interesse daran hat, darf ich dann das Märchenbuch mitnehmen?«

»Klar, warum nicht.«

»Danke.« Helene drehte sich um und ging zurück in den Aufenthaltsraum. Sie nahm das Buch vom Tisch und steckte es in ihre Handtasche.

Es regnete immer noch, als Helene und Charlotte sich wie verabredet um viertel nach sieben vor dem Seniorenwohnheim trafen, um Frau Weber und Herrn Fritz zum plattdeutschen Theater abzuholen. Helene hatte vom Pflegedienstleiter die Erlaubnis bekommen, den heimeigenen Transportbulli auszuleihen, den sonst überwiegend der Zivi benutzte. Sonst wäre es auch äußerst schwierig gewesen, Frau Weber mit ihrem Rollstuhl zur Möörkenschule zu transportieren, wo das Stück stattfinden sollte. Sie und Herr Fritz warteten schon voller Ungeduld in der Eingangshalle.

Helene parkte den Bulli direkt vor der Eingangstür, damit die alten Leute nicht bis auf die Knochen nass wurden. Charlotte half Herrn Fritz beim Einsteigen, Helene kümmerte sich um Frau Weber. Dann fuhren sie los in Richtung Eichendorffstraße.

Glücklicherweise hatte Helene Platzkarten reservieren lassen, denn ein großer Teil des Zuschauerraums war schon besetzt.

Sie hatten die ersten drei Plätze in der zehnten Reihe. Da Frau Weber ihren Rollstuhl nicht verlassen konnte, saß sie ganz außen. Daneben Herr Fritz, Helene und Charlotte.

Frau Weber und Herr Fritz diskutierten gerade lautstark darüber, wer von ihnen schon häufiger Aufführungen der *Spööldeel Loga* gesehen hatte, als Helene sich zu Charlotte herüberbeugte.

»Du, Lotte. Ich hab mal eine Frage an dich.«

»Du willst wissen, wie mein zweites Treffen mit dem Seefahrtsschüler war?«

»Das auch, ja.«

»War wohl das zweite und auch das letzte.«

»Warum?«

»Ach, weißt du … Er ist eigentlich jetzt schon ein richtiger Seemann, obwohl er mit der Ausbildung erst angefangen hat.«

»Lass mich raten. In jedem Hafen ein Mädchen?!«

»Genau. In Hamburg die Susanne und in Leer die Charlotte – so hatte er sich das gedacht. Aber nicht mit mir.« Sie seufzte. »Ich hatte mich so gefreut. Er war auf dem Weg, ein Lagerfeuer zu werden – aber dann musste ich ihn austreten.«

»Aua.«

Charlotte lächelte gequält und seufzte noch einmal. »Aber eigentlich wolltest du was anderes von mir, stimmt's?«

Helene wusste nicht so genau, wie sie es formulieren sollte. Also sagte sie es geradeheraus. »Welche Farbe hatte die Mütze, die Frau Heydfeld bei ihrem Tod trug?«

»Wie bitte?« Verblüfft sah ihre Enkeltochter sie an. »Keine Ahnung.«

»Schade«, war Helenes einziger Kommentar.

»Schade? Was soll das heißen? Warum willst du das überhaupt wissen?«

»Nur so.«

»Quatsch. Nur so … Du fragst solche Sachen nie einfach nur so. Also, was steckt dahinter?« Der Klang ihrer Stimme verriet, dass ihre Neugier geweckt war.

»Das kann ich dir jetzt so auf die Schnelle nicht erklären. Ehrlich gesagt, habe ich nicht einmal eine Erklärung – nur ein seltsames Gefühl.«

»Mann, Oma. Das ist doch jetzt nicht dein Ernst. Erst Andeutungen machen und dann nichts erzählen wollen!«

Das Licht ging aus und es wurde still im Saal.

»Jetzt nicht, Lotte. Später.«

»Du bist gemein.« Charlotte zog einen Schmollmund und knuffte Helene den Ellbogen in die Seite.

Der Vorhang öffnete sich und die Aufführung begann.

Der ganze Saal tobte, als die Schauspieler zum Abschied ein letztes Mal über die Bühne rannten. Es war eines der besten und lustigsten Stücke, die Helene bis jetzt in der Möörkenschule gesehen hatte – obwohl sie Schwierigkeiten gehabt hatte, sich voll darauf zu konzentrieren. Immer wieder wanderten ihre Gedanken zu den Märchenbüchern mit den Eselsohren.

Sofort, nachdem sie am Nachmittag aus der Seniorenresidenz nach Hause gekommen war, hatte sie Manfred

Wischmeyer angerufen, in der Hoffnung, dass er Lieselottes Bücher noch nicht weggegeben hatte. Aber, obwohl sie es bestimmt zwei dutzend Mal hatte klingeln lassen, war keiner ans Telefon gegangen. Und als sie nun auf die Uhr sah, wusste sie, dass es heute für einen weiteren Versuch schon zu spät war.

Nachdem sich das Publikum beruhigt hatte und der Applaus abgeebbt war, begannen sich die Reihen im Zuschauerraum schnell zu leeren. Helene und Charlotte warteten noch einige Minuten. Sie wollten den beiden älteren Herrschaften nicht zumuten, sich durch das Gedränge am Ausgang zwängen zu müssen.

»War das nicht spaßig?!« Frau Weber klatschte noch einmal vor Freude in die Hände und strahlte über das ganze Gesicht.

»Ja, Trientje, und wie«, pflichtete Herr Fritz ihr bei. »Besonders die vorlaute Nachbarin Hermine. Die hat mich irgendwie an unsere Schwester Birgit erinnert. Die kann manchmal auch so garstig sein.«

»Ich fand am lustigsten, wie Oma Hertha ihren neuen Freund im Wohnzimmer gemalt hat – und das ganz nackig.« Sie lachte und schüttelte den Kopf. »So ein Schweinkram ...«

»Dabei war der so dröge – nur mit Oma Hertha nicht«, johlte Herr Fritz und stimmte in das Gelächter ein.

»Nee, da war er immer ganz stürmisch. Kannst mal sehen – wir ollen Weiber bringen die jungen Kerls noch so richtig in Wallung.«

»Nicht nur die jungen, Trientje, nicht nur die jungen«, erwiderte er vergnügt und drückte ihr einen satten Kuss auf den Mund.

»Na, na, mein Lieber«, kicherte sie. »Wo soll das denn noch hinführen?!«

»Ich weiß nicht, meine Süße. Aber schließlich liegen unsere Zimmer auf dem gleichen Flur ...« Vielsagend zwinkerte er ihr zu.

»Ach, Emil, du alter Schwerenöter ...« Ein wenig verlegen tätschelte sie ihm liebevoll die Wange.

Amüsiert schauten Helene und Charlotte den beiden alten Leuten zu. Es tat ihnen leid, das Geturtel unterbrechen zu müssen. Aber mittlerweile waren alle anderen Zuschauer gegangen und auch sie mussten sich auf den Heimweg machen.

Helene brachte Frau Weber, Herrn Fritz und den Bulli zurück zur Seniorenresidenz und lief von dort aus das kurze Stück durch den Lindenweg zurück nach Hause in den Birkenweg. Charlotte schob ihr Fahrrad und begleitete sie.

Es hatte endlich aufgehört zu regnen.

Sie waren noch keine zehn Meter gegangen, als Charlotte den Ärmel von Helenes Jacke packte, um sie am Weitergehen zu hindern. »So! Und jetzt erzählst du mir endlich, was los ist! Was sollte diese komische Frage nach Frau Heydfelds Mütze?«

»Ach, vielleicht bilde ich mir da ja nur was ein, aber ...« Sie zögerte, doch als sie Charlottes ungeduldigen Gesichtsausdruck sah, sprach sie weiter, »... aber es gibt eine merkwürdige Auffälligkeit, was ihren Tod betrifft.«

Charlotte runzelte die Stirn. »Was denn für eine Auffälligkeit?«

Helene stockte, aber für einen Rückzieher war es zu spät. Außerdem – wenn sie jemandem ihre skurrilen Gedanken anvertrauen konnte, dann ihrer Enkeltochter.

»Also gut. Hör zu. Ich habe im Altenheim ein Buch gefunden, dass Janette Heydfeld gehört hat. Ein Märchenbuch. Um genau zu sein, war es eine Ausgabe von den *Kinder- und Hausmärchen* der Gebrüder Grimm. Und die Seite mit *Rotkäppchen und der Wolf* hatte ein Eselsohr.« Dass sie das gleiche Buch bei der Haushaltsauflösung in Lieselottes Wohnung gefunden hatte, ebenfalls mit einem Eselsohr, verschwieg sie vorerst. Sie war sich einfach nicht sicher. Irgendwie traute sie ihrer Erinnerung an diesen Moment nicht mehr so recht. Es war ein trauriger Tag gewesen und es hatte damals für sie keinen Grund gegeben, sich großartige Gedanken zu machen, nur weil sie ein Märchenbuch gefunden hatte.

»Und du glaubst, dass das Buch etwas mit ihrem Tod zu tun hat?« Verwirrt sah Charlotte sie an. »Oder vielmehr die Geschichte? Nur wegen der Mütze? Das ist selbst für dich ein bisschen weit hergeholt.« Sie hakte sich bei Helene ein und beide setzten ihren Weg fort.

»Vielleicht hast du ja recht. Aber komisch ist es trotzdem.«

»Ein seltsamer Zufall, nichts weiter. Du weißt ja nicht einmal, ob die Mütze, die sie bei ihrem Tod trug, wirklich rot war. Aber wenn es dich beruhigt, werde ich morgen Dr. Bob danach fragen, okay?«

»Nein, lieber nicht. Wie willst du eine solche Frage denn rechtfertigen, ohne genauso dumm dazustehen wie ich jetzt gerade? Ich glaube, meine Phantasie ist einfach mit mir durchgegangen.«

Charlotte legte ihren Arm um sie. »Ist doch nicht schlimm, Oma. Schließlich hattest du ja einen Kripobeamten zum Ehemann.«

»Das stimmt. Was musste ich mir nicht immer für Geschichten von ihm anhören …« Sie lächelte bei der Erinnerung an ihren verstorbenen Mann. »Er hatte den Spürsinn eines Sherlock Holmes.«

»Na siehst du, Oma. Und wenn man jahrelang auf engstem Raum mit Sherlock Holmes zusammengelebt hat, mutiert man selbst irgendwann unweigerlich zu Dr. Watson. Aber in diesem Fall, denke ich, ist es das Beste, du vergisst die ganze Sache schnell wieder. Frau Heydfeld war demenzkrank. Deshalb die Mütze, glaub mir.«

Und was ist mit Lieselotte, hätte Helene beinahe trotzig erwidert, aber sie schluckte die Bemerkung hinunter. Sie wollte sich erst ganz sicher sein. Sie wollte sich das Buch noch einmal genau anschauen, bevor sie weitere Mutmaßungen anstellte. Nicht, dass das angebliche Eselsohr doch nur ein durch Unachtsamkeit entstandener Knick in der Seite war.

»Vielleicht hast du recht. Es kam mir ja selbst auch schon ein bisschen übertrieben vor.«

Mittlerweile hatten sie Helenes schmuckes Friesenhäuschen im Birkenweg erreicht. Charlotte verabschiedete sich mit einer Umarmung und schwang sich auf ihr Fahrrad.

Aber bei Wischmeyers rufe ich morgen trotzdem noch an, dachte Helene, während sie ihre Enkeltochter an der nächsten Kreuzung verschwinden sah.

Freitag, 5. Oktober

Bevor Helene am nächsten Morgen zum Einkaufen in die Stadt fuhr, versuchte sie noch einmal, Familie Wischmeyer telefonisch zu erreichen. Doch wieder meldete sich niemand. Genauso wie am späten Vormittag, gegen Mittag und am frühen Nachmittag.

Erst bei ihrem fünften Versuch hörte sie endlich, wie jemand den Hörer abhob. »Wischmeyer.«

»Moin, Manfred. Hier ist Helene … Hövelmann.«

»Ach, Helene. Hallo. Na, wie geht es dir?«

Sie tauschten sich über das jeweilige Befinden aus, wobei sie natürlich auch auf Lieselotte zu sprechen kamen, und welche Lücke ihr Tod bei jedem von ihnen hinterlassen hatte.

»Es ist sehr schwer für uns alle«, sagte Manfred mit leiser Stimme. »Sie fehlt uns.«

»Mir fehlt sie auch«, gab Helene traurig zurück. Es folgte eine andächtige Pause.

Helene setzte an, um auf den eigentlichen Grund für ihren Anruf zu sprechen zu kommen, aber irgendwie hatte sie plötzlich ein schlechtes Gewissen deswegen. Wie sollte sie Manfred die Situation erklären? Andererseits konnte sie ihre Neugier kaum noch zügeln. Sie wollte dieses Märchenbuch! Sie wollte es unbedingt! Wenn sich herausstellen sollte, dass das, was sie vermutete, wirklich stimmte …

Wenn sie es recht bedachte, war sie es Lieselotte geradezu schuldig, sich um die Sache zu kümmern. »Du, Manfred? Darf ich dich etwas fragen?«

»Aber sicher. Was hast du auf dem Herzen?«

»Du hast doch bei der Haushaltsauflösung gesagt, du willst Lieselottes Bücher spenden. Hast du das schon gemacht?«

»Nein. Ich bin bis jetzt noch nicht dazu gekommen. Wieso?«

Erleichtert atmete sie auf. »Ich wollte sie …« Mitten im Satz hielt sie inne. Warum sollte sie ihm überhaupt sagen, was sie vorhatte? »Ich wollte dich fragen, ob du die Bücher vielleicht der *Seniorenresidenz am Schlosspark* schenken möchtest. Die alten Leute freuen sich immer so sehr über neuen Lesestoff. Ich könnte die Kiste sogar bei euch abholen und bei meinem nächsten Besuch zum Altenheim mitnehmen. Was hältst du davon? Du würdest ihnen wirklich eine große Freude machen.«

»Natürlich kannst du die Bücher mitnehmen. Das ist wirklich eine gute Idee.«

Sie verabredeten sich für Samstagnachmittag, obwohl Helene das nun überhaupt nicht passte. Am liebsten wäre sie sofort hingefahren, um die Bücher abzuholen. Aber Manfred musste noch zu einem dringenden Termin und auch seine Frau Helga und seine Tochter Christine waren nicht zu Hause.

Also musste Helene sich zwangsläufig noch einen Tag gedulden, obwohl Geduld doch wirklich nicht zu ihren Stärken zählte.

Samstag, 6. Oktober

Bestimmt schon zum hundertsten Mal schaute Helene auf die Leuchtziffern ihres Weckers. Zehn vor sechs. Es wollte einfach nicht später werden. Die Minuten krochen dahin wie in Zeitlupe.

Seit zwei Stunden war sie schon wach, aber gefühlt waren es zehn.

Diese Sache mit dem Märchenbuch hatte sich in ihrem Kopf festgesetzt und ihre Gedanken rotierten nur um die Frage: Was wäre wenn …?

Was wäre, wenn es wirklich einen Zusammenhang gäbe zwischen Frau Heydfelds Mütze und *Rotkäppchen*?

Was wäre, wenn das Eselsohr in Lieselottes Märchenbuch wirklich ein echtes Eselsohr war und nicht nur ein aus Unachtsamkeit entstandener Knick in der Seite?

Was sollte sie dann tun?

Aber noch kannte sie die Antworten auf diese Fragen nicht. Noch gab es keine Verbindung zwischen dem Tod der beiden Frauen – nicht, solange sie Lieselottes Buch nicht hatte und nicht, solange sie über die Farbe der Mütze nicht Bescheid wusste.

Punkt eins würde sie am Nachmittag klären. Und Punkt zwei?

Charlotte hatte ihr zwar angeboten, Dr. Klaaßen zu fragen, aber Helene wollte nicht, dass noch mehr Leute von der Sache wussten – wenn es überhaupt eine Sache und etwas zu wissen gab.

Wie konnte sie nur in Erfahrung bringen, welche Farbe es gewesen war?

Helene setzte sich im Bett auf, um besser nachdenken zu können. Und tatsächlich kam ihr plötzlich eine Idee.

Rita Elsen. Die redselige Nachbarin von Frau Heydfeld, die sie auf der Beerdigung kennengelernt hatte. Die war doch an dem Morgen im Haus der toten Dame gewesen und hatte sie in ihrem Bett liegen sehen. Die musste es doch wissen.

Gut, das war schon mal ein Anfang.

Nur, wie sollte Helene an dieses Wissen gelangen? Einfach bei ihr anrufen? Oder bei ihr klingeln und fragen? Nein, das war zu plump.

Warten, bis sie ihr zufällig begegnen würde? Zu langwierig.

Diese zufällige Begegnung planen und sie nur zufällig aussehen lassen? Das kam der Sache schon näher.

Helene überlegte angestrengt weiter. Wo könnte sie Rita Elsen antreffen? Morgen war Sonntag – also vielleicht in der Kirche? Oder morgen Nachmittag beim Ostfriesischen Apfeltag? Oder heute Abend beim plattdeutschen Theater?

Aber all das schien ihr zu unsicher. Sie hatte keine Ahnung, wofür die liebe Rita sich besonders interessierte und auch keine Lust, von einer Veranstaltung zur nächsten zu hetzten, nur um ihr zufällig zu begegnen.

Nein, es musste irgendwie einfacher gehen.

Sie sah erneut auf den Wecker. Zehn nach sechs. Vielleicht war es ja gewissermaßen ein Zeichen, quasi ein Wink des Schicksals, dass sie so früh aufgewacht war.

Sie schwang die Beine aus dem Bett und stand auf.

Es war ein ungemütlicher Herbstmorgen. Zwar regnete es nicht, aber es war dunkel, kalt und nebelig.

Dick eingepackt in ihren warmen Wintermantel und das Gesicht halb verdeckt von ihrem langen selbst gestrickten Schal, saß Helene im Buswartehäuschen schräg gegenüber von Rita Elsens Haus in der Daalerstraße.

Alles war ruhig. Keine Menschenseele war unterwegs.

Kein Wunder, dachte Helene. Schließlich ist es ja auch erst viertel vor sieben am Samstagmorgen. Alle außer mir liegen schön warm in ihren Betten und schlafen tief und fest, und das wahrscheinlich noch Stunden. Aber irgendwie hatte sie das Gefühl, Rita gehörte zur seltenen Gattung der Frühaufsteher. Und sie wollte sie auf keinen Fall verpassen.

Eine halbe Stunde verging. Nichts passierte. Helene überlegte, was sie tun sollte, wenn wirklich ein Bus vorbeikäme. Sie würde ihn schlichtweg ignorieren und so tun, als warte sie auf einen anderen. Und sollte ein Busfahrer oder ein vorbeigehender Passanten sie auf ihre Warterei ansprechen, würde sie einfach dem verwirrend unübersichtlichen Busfahrplan die Schuld geben.

Sie bewegte ihre Zehen in den Schuhen. So langsam wurden ihre Füße kalt. Sie summte ein Lied vor sich hin und wippte im Takt abwechselnd mit beiden Füßen dazu, damit sie wieder warm wurden.

Ein älterer Herr ging mit seinem Hund vorbei und nickte ihr mit mitleidiger Miene aufmunternd zu.

Helene spürte, wie ihr Hintern auf der kalten, harten Holzbank langsam anfing, einzuschlafen. Sie stand auf und schlenderte vor dem Wartehäuschen auf und ab – immer darum bemüht, wie jemand zu wirken, der auf den Bus wartete.

Halb acht. In den Häusern gingen mehr und mehr Lichter an. Rollos wurden hochgezogen. Die Menschen, die mussten, gingen zur Arbeit.

Zwanzig vor acht. Mit jeder Minute, die verging, war Helene überzeugter von der Unsinnigkeit ihrer Unternehmung. Mittlerweile waren nicht nur ihre Füße kalt, sondern alles an ihr. Die feuchte Luft war inzwischen durch alle Schichten ihrer Kleidung gedrungen, so dass sie sich ganz klamm auf ihrer Haut anfühlte.

Sie wollte nach Hause, sich mit einer Wärmflasche und einer Decke auf ihr Sofa kuscheln und eine Tasse heißen Tee trinken.

Unentschlossen sah sie abwechselnd von ihrem Fahrrad, das hinter dem Häuschen stand, zu Rita Elsens Haustür.

Gehen oder bleiben, ging es ihr durch den Kopf. Gehen oder bleiben.

Sie gab ihr noch fünf Minuten. Dann war es acht. Wenn Rita bis dahin nicht aufgetaucht war, würde sie nach Hause zurückfahren.

Doch so weit kam es nicht, denn zwei Minuten später öffnete Rita Elsen die Tür und verließ das Haus – genau in dem Augenblick, als Helene schon mit Schrecken den Stadtbus aus Richtung Logaer Hauptstraße kommen sah.

Eilig nahm sie ihr Fahrrad, wechselte, nachdem der Bus vorbeigefahren war, die Straßenseite und folgte ihrem Beschattungsopfer in einigem Abstand.

Frau Elsen hatte sich zum Schutz gegen die nasskalte Witterung ebenfalls warm eingepackt, so dass Helene einen Moment lang unsicher war, ob es sich auch wirklich um die Nachbarin von Frau Heydfeld handelte. Doch dann erkannte sie sie an ihrem besonderen, beinahe watschelnden Gang, den sie anscheinend ihren etwas zu kurz geratenen Beinen zu verdanken hatte. Neben dieser sowieso schon unvorteilhaft wirkenden Bewegung schwang sie zudem ihre Arme auf übertriebene Weise hin und her – so als müsse sie sich zusätzlichen Schwung verleihen, um überhaupt vorwärts zu kommen. Helene, die bei diesem Anblick unweigerlich an Daisy Duck denken musste, konnte sich ein Lächeln nicht verkneifen. Sie verlangsamte ihren Schritt ein wenig, um etwas mehr Abstand zu gewinnen.

Doch schon kurze Zeit später bereute sie diese Entscheidung.

Frau Elsen war an der Daaler-Schule vorbei den Gehweg hinunter bis zur Logaer Hauptstraße gelaufen. Dummerweise sprang exakt in diesem Augenblick die Fußgängerampel auf grün und Helenes Plan, sie zufällig wartend vor der roten Ampel zu überraschen, war geplatzt.

Bis Helene schließlich die Möglichkeit hatte, die Kreuzung bei der nächsten Grünphase zu überqueren, war Rita Elsen schon längst in der Bäckerei *Lindenberg* verschwunden.

Helene folgte ihr und betrat kurz darauf ebenfalls die Bäckerei. Dann musste sie ihr Vorhaben notfalls eben hier in die Tat umsetzten.

Sie lockerte den langen Schal, der gut die Hälfte ihres Gesichts verdeckte, und grüßte die anwesenden Kunden mit einem lauten »Moin«. Sie hatte gehofft, Rita würde sie erkennen und von sich aus ein Gespräch beginnen. Dann würde es noch unauffälliger wirken.

Doch Rita beachtete sie überhaupt nicht, sondern unterhielt sich stattdessen angeregt mit einer der anderen Kundinnen. Helenes Auftauchen war ihr allem Anschein nach völlig entgangen – genau wie ihre Verfolgung.

Erst als Helene mit voller Absicht lauthals zu niesen anfing und die ganze Versammlung ihr daraufhin ein genauso lautes »Gesundheit« wünschte, wurde Frau Elsen auf sie aufmerksam.

Auffordernd sah Helene sie an. Und tatsächlich – Rita reagierte darauf.

»Moin, Frau ...« Sie kniff die Augen zusammen, während sie überlegte.

»Hövelmann«, half Helene ihr auf die Sprünge. »Moin, Frau Elsen.« Helene lächelte und gab ihr die Hand.

Ritas Stirnrunzeln entnahm sie, dass diese sie immer noch nicht einzuordnen wusste.

»Wir kennen uns von Frau Heydfelds Beerdigung«, kam Helene ihr erneut zur Hilfe, um die Sache zu beschleunigen.

»Ja, richtig. Im ersten Moment wusste ich gar nicht, wo ich Sie hinstecken soll, aber jetzt erinnere ich mich: Sie haben die Küsterin vertreten – bei der Teetafel.«

»Wie geht es Ihnen?«, fragte Helene mit rührseliger Stimme. Sie wollte beim Thema bleiben.

»So weit ganz gut. Und Ihnen?«

»Auch ganz gut, danke«, gab Helene zurück. Rita nickte höflich und war im Begriff, sich wieder ihrer vorherigen Gesprächspartnerin zuzuwenden. Helene fügte hastig ein vielsagendes »allerdings ...« und ein lautes Seufzen an und eroberte das Interesse der Frau mit einem Schlag wieder zurück.

»Allerdings ...?«, fragte Rita prompt mit unverhohlener Neugier.

»Allerdings musste ich, besonders in den letzten Tagen, immer wieder an Frau Heydfeld und die schrecklichen Umstände ihres Todes denken.«

»Ja, das Ende kann sehr grausam sein«, pflichtete Rita Elsen ihr bei und rückte einen freigewordenen Platz in der Reihe vor.

»Neulich war ich auf einem Geburtstag«, log Helene, um das Gespräch fortzusetzen, »und da hat eine der anwesenden Damen von Frau Heydfeld erzählt. Sie war der Ansicht, dass sie eigentlich nie einen besonders verwirrten Eindruck gemacht hätte. Ich meine, wenn man die Art und Weise ihres Ablebens bedenkt – mit der aufgedrehten Heizung und den Decken und ...der Mütze ...« fügte Helene nach einer kurzen Pause hinzu, in der Hoffnung, Rita würde von sich aus darauf eingehen.

Leider hatte sich die Zahl der Wartenden mittlerweile so weit verringert, dass Rita nun schon an der Reihe war.

»Ich hätte gern zwei Rosinenbrötchen und ein halbes Pfund Schwarzbrot«, hörte Helene sie sagen.

»Und was darf es für Sie sein?«

Zuerst reagierte Helene gar nicht auf die Verkäuferin. Schließlich wollte sie ja auch nichts kaufen, nur ein paar Informationen einholen. Erst als sie Helene mit schon leicht gereiztem Tonfall fragte: »Hallo! Was Sie möchten, will ich wissen!«, erkannte Helene, dass sie gemeint war.

»Ich? Ähh, ich möchte ... ja, was möchte ich denn?« Irritiert sah sie sich um und lächelte die junge Frau hinter dem Tresen verlegen an. Ihre Hände glitten in die Taschen ihres Mantels und sie erschrak – kein Portemonnaie. Auch das noch. Und nun?

»Also bitte, was denn nun?!« Die Stimme der Verkäuferin klang nun direkt unhöflich – mit leicht schnoddrigem Unterton.

»Ich hätte gern …« Nervös fingerte Helene in den Gesäßtaschen ihrer Hose herum. »Ich hätte gern …« Und wirklich, dem Himmel sei Dank …

»… ein Schoko-Croissant.« Beinahe stolz legte sie den Euro, den sie glücklicherweise noch vom *Lidl*-Einkaufswagen in der Tasche hatte, auf den Tresen. Die Verkäuferin murmelte irgendetwas Unverständliches, das wie fernes Donnergrollen klang, während sie das Croissant in eine Tüte packte und den Euro in die Kasse warf. Doch Helene war das egal. Sie nahm die Tüte und ihr Wechselgeld und verließ beinahe fluchtartig den Laden.

Rita Elsen war schon vor ein, zwei Minuten hinausgegangen, doch mit einigen schnellen Schritten hatte Helene sie wieder eingeholt.

»Hatte ich doch glatt mein Portemonnaie zu Hause liegen lassen. Peinlich, oder? Aber zum Glück nicht so peinlich, wie mit einer hässlichen grünen Mütze auf dem Kopf zu sterben.« Sie setzte alles auf eine Karte, auch wenn es mit Abstand das Dümmste und Gemeinste war, das sie je gesagt hatte.

Die Entrüstung, die ihr aus Rita Elsens Gesicht entgegenschlug, überraschte sie deshalb auch nicht im Geringsten.

»Was fällt Ihnen eigentlich ein?«, schrie die mit greller Stimme. »Was geht Sie die ganze Sache überhaupt an? Und wer erzählt so einen Riesenblödsinn?« Wütend blinzelte sie Helene an und bohrte ihr fest den Zeigefinger in den Brustkorb. »Wer Ihnen das gesagt hat, ist nichts als ein dummer Schwätzer!«

Mit vor Empörung hochrotem Gesicht drehte sie sich um und stob davon.

Ungläubig starrte Helene hinter ihr her. Sie konnte es nicht fassen. Sie hatte sich total lächerlich gemacht und konnte trotzdem kein Ergebnis vorweisen.

Frustriert ließ sie den Kopf hängen. Sie war eine jämmerliche Ermittlerin – und schäbig obendrein.

»Und ich dachte, Sie verkehren in besseren Kreisen ...«

Helene sah auf.

Rita Elsen hatte sich noch einmal zu ihr umgedreht. Ihr Gesicht glühte vor Zorn. »Und auch wenn es Sie überhaupt nichts angeht – das eine will ich Ihnen noch sagen. Die Mütze war rot! Ist das klar! Rot! Das können Sie Ihren aufgeblasenen Freundinnen von Rita Elsen ausrichten!«

Das schlechte Gewissen plagte Helene den ganzen Vormittag. Sie hatte nicht einmal das Schoko-Croissant essen können, so mies fühlte sie sich. Sollte sich anhand dieser Information zeigen, dass Janette Heydfeld höchstwahrscheinlich nicht eines natürlichen Todes gestorben war, war es zwar mehr als nebensächlich, *wie* Helene sich diese Information beschafft hatte – doch egal, wie sehr sie versuchte, ihr Vorgehen sich selbst gegenüber zu rechtfertigen, sie fühlte sich niederträchtig und gemein.

Erst als sie sich in ihren Golf setzte und sich auf den Weg nach Heisfelde zum Auewäldchen machte, wurde ihr schlechtes Gewissen überdeckt von einer inneren Anspannung, die mit jedem Meter, den sie zurücklegte, weiter anstieg.

Punkt halb drei parkte sie vor dem Haus von Familie Wischmeyer in Heisfelde. Sie klingelte und Manfred öffnete die Tür.

»Helene. Schön, dich zu sehen. Komm doch herein.«

Zögernd blieb sie stehen. »Eigentlich habe ich gar nicht so viel Zeit.« Das entsprach zwar nicht der Wahrheit, aber Helene konnte es einfach nicht mehr abwarten, sich endlich das Buch anzusehen.

»Aber für eine Tasse Tee ist doch immer Zeit. Sag mal, wo hast du denn dein Auto geparkt?« Er beugte sich etwas vor und spähte an ihr vorbei.

»Das habe ich vorn an der Straße auf dem Bürgersteig stehen lassen«, erklärte sie. »Ich hatte Bedenken wegen meiner Fahrkünste und eurer schmalen Auffahrt.« Auch das war wieder nicht die ganze Wahrheit. Die Auffahrt war zwar wirklich nicht sehr breit – auf der einen Seite war sie begrenzt durch die Hausmauer, auf der anderen Seite durch Nachbars ausladende Eibenhecke – aber der eigentliche Grund, warum sie ihren Wagen dort abgestellt hatte, war ein anderer. Sie hoffte nämlich, Manfred ließe sie die Bücherkisten jetzt gleich schon in den Kofferraum bringen und sie konnte sofort einen Blick in das Märchenbuch werfen. Schließlich hatte sie schon mit einer Einladung zum Tee gerechnet. Das verlangte nun mal die ostfriesische Gastfreundschaft – und ein »Nein« wurde nur in äußersten Ausnahmefällen widerwillig akzeptiert.

»Hast du die Bücher vielleicht schon griffbereit hier irgendwo stehen? Dann könnte ich sie schon ins Auto packen – bevor wir sie nachher noch vergessen«, fügte sie scheinheilig hinzu.

»Ja, sie stehen hier im Flur.« Manfred zeigte auf drei Kartons, die neben der Garderobe standen. »Aber die sind für dich viel zu schwer. *Ich* werde sie dir in den Kofferraum stellen. Gibst du mir die Schlüssel?«

»Aber ich kann dir doch helfen. Zu zweit geht es doch viel einfacher.« Schon zum wiederholten Mal an diesem Tag lief etwas nicht so, wie Helene sich das vorgestellt hatte.

»Lass mich nur machen. Ich hol mir die Sackkarre aus der Garage und ruckzuck sind die Kisten verstaut. Geh du nur ins Haus. Helga wartet sicher schon mit dem Tee.« Er nahm ihr die Autoschlüssel aus der Hand und öffnete das Garagentor.

Helene blieb nichts anderes übrig, als hineinzugehen und sich wieder einmal in Geduld zu üben.

Eine schier endlose Stunde später, nach zwei Stücken Apfelkuchen und den obligatorischen drei Tassen Tee, saß Helene endlich in ihrem Auto und machte sich auf den Heimweg. Immerhin schaffte sie es mit ihrer beinahe bis ins Unermessliche angestiegenen Nervosität noch genau bis zur Sparkasse an der Ecke Dorfstraße/Heisfelder Straße. Sie bog auf den Parkplatz, stieg aus und öffnete den Kofferraum. Sie riss die Kartons auf und durchwühlte deren Inhalt. Wo war denn nur das Märchenbuch?

Da – endlich. Da war es. Behutsam zog sie es heraus und starrte es einen Moment lang gebannt an.

Der Buchdeckel war in himmelblauem Farbton gehalten, der Rücken mit goldgelbem Leinen bezogen. Die großen, kunstvoll geschwungenen Lettern auf der Vorderseite hatten dieselbe Farbe. *Kinder- und Hausmärchen der Gebrüder Grimm*.

Darunter war die Darstellung eines blonden Mädchens zu sehen. Es trug nichts außer einem weißen, weiten Hemdchen, das es mit seinen Händen hochhielt, um die vom Himmel fallenden Sterne aufzufangen. Sterntaler.

Helene sah von oben auf die Seiten, fuhr mit dem Zeigefinger an die entsprechende Stelle – und blickte bestürzt auf das geöffnete Buch mit dem exakt im rechten Winkel abgeknickten Eselsohr.

Ihre Hände begannen zu zittern und sie spürte, wie ihr Magen plötzlich zu klein wurde für die zwei Stücke Apfelkuchen. Mit aller Macht kämpfte sie gegen die aufsteigende Übelkeit an. Heftig keuchend lehnte sie sich mit dem Rücken an ihr Auto und schloss die Augen.

Alles um sie herum wirkte mit einem Mal dumpf und irgendwie unrealistisch. Sie hörte weder die spielenden Kinder auf der gegenüberliegenden Straßenseite noch das Zwitschern der Vögel auf den Bäumen über ihr. Nicht einmal den Verkehrslärm, der von der stark befahrenen Heisfelder Straße herüberscholl, nahm sie wahr.

Es dauerte einige Minuten, bis sie den Mut hatte, ihren Blick noch einmal auf das aufgeschlagene Buch zu richten.

Sie hatte es vermutet – ja, sie hatte sogar damit gerechnet. Aber jetzt, wo sie die eindeutig mit voller Absicht abgeknickte Seite des Buches wirklich sah, traf es sie wie ein Schlag. Es kreiste nur noch ein einziger Gedanke in ihrem Kopf, der, wie ein nicht enden wollendes Echo, tausendfach widerhallte: Ermordet, Lieselotte wurde ermordet, sie wurde ermordet, ermordet …

Helene konnte nicht sagen, wie lange sie schon auf dem Parkplatz vor der Sparkasse in ihrem Auto saß. Verzweifelt versuchte sie, einen klaren Gedanken zu fassen, doch es wollte ihr nicht gelingen.

Ihre Freundin Lieselotte war ermordet worden. Die Lieselotte, die sie schon seit Kindertagen kannte – umgebracht. Einfach so. Und keiner hatte es bemerkt. Bis jetzt. Und es hätte auch weiterhin niemand den allerkleinsten Verdacht geschöpft, wenn Helene nicht durch einen seltsamen Zufall diese beiden Märchenbücher in die Finger bekommen hätte.

Bei dieser Vorstellung begann ihr Herz plötzlich heftig zu schlagen. Ihr Brustkorb verkrampfte sich, so dass sie kaum noch Luft bekam. Wieder drohte Übelkeit sie zu übermannen. Sie öffnete das Fenster und hielt ihren Kopf in den frischen Wind. Dann stellte sie die Rückenlehne des Fahrersitzes so weit zurück, dass sie etwas entspannter sitzen konnte. Sie atmete tief ein und aus und versuchte, Wut, Trauer und Fassungslosigkeit beiseite zu drängen. Sie musste sich jetzt vor allem darauf konzentrieren, was als Nächstes getan werden musste.

Ihr wurde klar, dass sie jemanden brauchte, mit dem sie über ihre Entdeckung sprechen konnte. Jemanden, der ihr glauben und sie ernst nehmen würde. Und es gab für sie überhaupt keinen Zweifel, wer allein dafür in Frage kam. Sie kramte ihr Handy aus der Handtasche und suchte im Telefonverzeichnis nach Charlottes Nummer.

Ungeduldig lief Helene in ihrer Küche auf und ab. Sie wartete auf Charlotte. Sie hatte ihre Enkeltochter angerufen und sie gebeten, so schnell wie möglich zu kommen. Das war jetzt allerdings schon eine halbe Stunde her und noch immer war nichts von ihr zu sehen. Warum dauerte das nur so lange?

Jedes Mal, wenn Helene am Fenster vorbeiging, schaute sie hinaus auf den kleinen Weg, der zur Haustür führte. Wo blieb das Mädchen nur?

Aber da sah sie auch schon Charlottes blonden Haarschopf um die Ecke biegen und noch ehe das Mädchen überhaupt klingeln konnte, war Helene schon an der Tür.

Erschrocken machte Charlotte einen Schritt zurück. »Meine Güte, Oma. Musst du mich so erschrecken?«

»Tut mir leid, mein Herz. Komm schnell rein.«

»Aber, was gibt es denn so Dringendes? Wie siehst du überhaupt aus?« Charlotte musterte Helene von oben bis unten. »Bist du krank? Was ist denn los?«

Helene hatte ihr am Telefon nur gesagt, dass es etwas Wichtiges zu besprechen gäbe. Um was genau es sich dabei handelte, wollte sie ihr lieber von Angesicht zu Angesicht sagen. »Komm mit in die Küche. Dann erzähl ich dir alles.«

»Mann, das müssen ja Wahnsinnsneuigkeiten sein, wenn du es so spannend machst«, sagte Charlotte, während sie sich in der Küche auf das Ostfriesensofa setzte.

»Es sind eigentlich sehr schlimme Nachrichten.«

»Aber was …?« Das Mädchen sah sie erschrocken an.

Helene überlegte, wie sie überhaupt anfangen sollte. Sie entschied sich für den direkten Weg. »Lieselotte ist ermordet worden.«

»Wie kommst du denn darauf?«, fragte Charlotte verblüfft.

»Na ja, eigentlich hat ja alles mit Frau Heydfeld und

ihrer Mütze angefangen – und dem Märchenbuch im Altenheim.«

»Lass mich raten. Du hast also doch herumspioniert, welche Farbe die Mütze hatte.«

»Sie war rot.«

Und Helene erzählte ihr die ganze Geschichte. Wie sie am Morgen Frau Elsen schon so früh aufgelauert und wie unmöglich sie sich ihr gegenüber benommen hatte. Sie berichtete von ihrem Besuch bei Wischmeyers, wie sie anschließend vor der Sparkasse haltgemacht und die Bücherkisten durchwühlt hatte. Als sie dann auf das Märchenbuch zu sprechen kam, stand sie auf und zog sich ein Paar Einmalhandschuhe über, das sie vorhin aus dem Autoverbandskasten genommen hatte. Skeptisch wurde sie dabei von Charlotte beobachtet.

Helene griff nach einer Plastiktüte, die auf der Anrichte lag, holte mit ihren behandschuhten Fingern die beiden Märchenbücher heraus und legte sie vor ihrer Enkeltochter auf den Tisch.

»Beide genau gleich«, murmelte diese.

Als Helene sah, dass sie im Begriff war, eines der beiden Bücher in die Hand zu nehmen, entfuhr ihr ein »Nicht anfassen!« Es klang schärfer als gewollt. »Vielleicht gibt es noch Spuren, die verwertet werden können«, erklärte sie in versöhnlicherem Ton.

Helene schlug das erste Buch auf. *Rotkäppchen und der Wolf.* »Das war in der Altenheimkiste. Die Spende von Janette Heydfelds Tochter.«

»Und das andere ist von Lieselotte. Aber welches Märchen passt zu ihrem Tod?«

»Das habe ich mich auch die ganze Zeit gefragt. Aber dann ist mir etwas eingefallen, was ich schon fast vergessen hatte. An dem Abend, als wir bei Lieselotte waren, habe ich doch für uns alle Tee gemacht und anschließend alles wieder aufgeräumt und abgewaschen. Erinnerst du dich?«

»Aber ja«, erwiderte Charlotte aufgeregt. »Du hast Christine gefragt, ob ihre Oma Besuch gehabt hat.«

»Weil neben dem Spülbecken sieben von Lieselottes guten Gläsern standen. Außerdem lagen auf der Arbeitsplatte doch auch noch die benutzte Apfelreibe und ein halber Apfel.«

»Sieben Gläser und ein Apfel – das ist doch ...«

Helene schlug das zweite Märchenbuch auf. »*Schneewittchen*, genau.«

Mit weit aufgerissenen Augen starrte Charlotte auf die aufgeschlagene Seite.

»Sie ist wirklich umgebracht worden – und Frau Heydfeld auch. Meine Güte ...«

»Und weißt du ... vielleicht sind sie nicht die Einzigen. Vielleicht gibt es noch mehr Opfer.«

Charlotte schluckte. »Du hast recht. Na klar. Schließlich hat es bei den beiden ja auch niemand bemerkt. Warum nicht auch bei anderen. Aber wer macht so etwas? Und warum?«

Helene zuckte mit den Schultern. »Keine Ahnung. Erst einmal könnten wir versuchen, herauszubekommen, ob es wirklich noch mehr Opfer gibt.«

»Aber wie wollen wir das anstellen?«

»Das wird deine Aufgabe sein, Lotte. Anscheinend hat der Mörder es auf ältere Menschen abgesehen. Vielleicht auch nur auf ältere Frauen. Am besten, du suchst dir bei der Arbeit die Karteikarten aller Patienten über sechzig heraus, die im letzten ... sagen wir ... halben Jahr gestorben sind.«

»Das könnten aber eine ganze Menge sein.«

»Dann schränken wir die Suche eben weiter ein. Alle Patienten über sechzig, die alleine gewohnt haben und keine akut lebensbedrohlichen Krankheiten hatten.«

»Also gut. Das kann ich machen. Aber was dann? Willst du nicht lieber die Polizei verständigen?«

Helene spürte Charlottes Zweifel und vor allem ihre

Angst. »Natürlich werde ich die Polizei informieren – wenn es so weit ist. Aber zuerst müssen wir noch mehr Beweise sammeln. Also, wie lange wird deine Recherche wohl in etwa dauern?«

»Kommt drauf an, wie viel nächste Woche in der Praxis so los ist. Aber warte – nächste Woche ist doch Gallimarkt. Dann ist es mit Sicherheit ruhig. Der richtige Ansturm kommt erst, wenn der Markt vorbei ist – wenn sich alle beim feuchtfröhlichen Feiern eine Grippe geholt haben. Oder die Mädels vom halbnackten Herumrennen bei eisigen Temperaturen eine anständige Blasenentzündung haben.«

»Gut, dann ist der Gallimarkt also auf unserer Seite.«

Jetzt, wo Helene eine Verbündete hatte, ließ das Entsetzen ein wenig nach. Liebevoll nahm sie die Hände ihrer Enkeltochter in ihre und lächelte sie an. Was würde sie nur ohne dieses Mädchen machen?

»Ach, Lotte. Eins musst du mir aber versprechen.« Ihr Gesicht war wieder ernst und sie drückte Charlottes Hände. »Sei bitte vorsichtig, bei dem, was du tust. Und pass auf, dass Dr. Klaaßen nichts davon mitbekommt.«

Fragend sah Charlotte sie an.

»Schließlich wissen wir nicht, welche Rolle er bei dieser Geschichte spielt.«

Kapitel 4

Montag, 8. Oktober

Als Charlotte am Montagmorgen zur Arbeit kam, erfuhr sie von Dr. Klaaßen, dass Yvonne sich krankgemeldet hatte und auch keine der Teilzeitkräfte einspringen konnte. Damit schien ihr Vorhaben, die Karteikarten der Verstorbenen so schnell wie möglich durchzusehen, schon in weite Ferne gerückt.

Zum Glück hielt sich aber wegen des Gallimarktes wenigstens, wie von ihr vorhergesagt, der Patientenandrang in Grenzen. Es gelang ihr, dringende Sachen sofort zu erledigen, und so war bis zur Mittagspause tatsächlich das Wichtigste abgearbeitet. Dennoch bat sie ihren Chef, die zwei Stunden, in denen die Praxis geschlossen sein würde, bleiben zu dürfen.

»Es ist heute so viel liegen geblieben, Dr. Klaaßen«, log sie. »Dann habe ich wenigstens die Ruhe, alles in Ordnung zu bringen.«

»Aber sicher, Charlotte«, stimmte er lächelnd zu. »Ich finde es wirklich toll, Mitarbeiterinnen zu haben, die so motiviert sind, dass sie sogar auf ihre Mittagspause verzichten, damit es hier gut läuft!« Dr. Klaaßen schlug ihr anerkennend auf die Schulter und Charlotte spürte, dass sie rot wurde.

»Sie brauchen sich dafür nicht zu schämen«, deutete er ihre Reaktion völlig falsch. »Ich weiß schon, was ich an Ihnen habe und wie viel Einsatz Sie hier täglich zeigen.« Er lächelte sie an. »Also dann, bis später.« Und während er die Praxistür schon hinter sich zuzog, rief er ihr noch zu: »Und vergessen Sie nicht, etwas Anständiges zu essen. Und keine Privatgespräche am Telefon, klar!? Darauf reagiere ich allergisch, das wissen Sie ja.« Dann war er weg.

Charlotte saß immer noch mit hochrotem Kopf auf ihrem Stuhl hinter der Anmeldung. Sie freute sich zwar sehr über sein Lob – schließlich war sie wirklich immer mit ganzem Herzen bei der Sache – aber trotzdem schämte sie sich. Wenn er wüsste, warum sie bleiben wollte ... und dass er in Oma Lenes Augen sogar zu den Verdächtigen zählte!

Aber darüber wollte sie sich jetzt keine Gedanken machen. Sie hatte zwei Stunden Zeit, die sie ausgiebig nutzen wollte. Sie setzte sich an den Computer und ließ sich die Namen aller Patienten auflisten, die im letzten halben Jahr verstorben waren. Dann rollte sie mit ihrem Bürostuhl hinüber zum Karteischrank und öffnete die Schublade mit dem Buchstaben B. B wie Busboom.

Direkt nach der Arbeit fuhr Charlotte zu ihrer Oma. Noch bevor sie überhaupt ihre Jacke ausgezogen hatte, wurde sie schon mit Fragen bombardiert.

»Und, was hast du herausgefunden? Gibt es noch mehr seltsame Todesfälle? Hat dein Chef etwas gemerkt?«

»Mensch, Oma. Sofort. Aber lass mich doch erst mal richtig reinkommen.« Charlotte hängte ihre Jacke an die Garderobe und lief ins Wohnzimmer, ihre Oma dicht auf den Fersen.

»Nun erzähl schon, Lotte!« Oma Lenes Stimme verriet ihre Nervosität.

Bevor Charlotte sich in den großen Ohrensessel setzte, kramte sie einen Zettel aus der Hosentasche ihrer Jeans. Mit vor Anspannung eiskalten Fingern faltete sie das Blatt Papier auseinander und fing an, von ihren Nachforschungen zu berichten.

»Von April bis heute sind zweiundzwanzig unserer Patienten verstorben. Davon entsprechen fünf unseren Kriterien – also: über sechzig, alleinstehend, keine akut lebensbedrohlichen Krankheiten. Zwei von diesen fünf sind uns schon bekannt, nämlich Janette Heydfeld und

Lieselotte. Die restlichen drei habe ich hier notiert.« Sie zeigte den Zettel ihrer Oma, die sich mittlerweile auf das Sofa ihr gegenüber gesetzt hatte.

»Bei dem ersten handelte es sich um Hinrich Rieken. Er starb am 19. Juni im Alter von zweiundsiebzig Jahren an einem Herzinfarkt. Da es aber schon sein dritter Herzinfarkt war, glaube ich, dass wir ihn ausschließen können.«

Ein stummes Nicken aus Richtung Sofa.

»Zweitens wäre da Irmtraud Saathoff. Sie starb am 5. August an einer Überdosis Schlaftabletten.«

Oma Lene horchte auf und rutschte unruhig auf ihrem Platz hin und her, doch Charlotte meinte: »Allerdings glaube ich auch hier nicht, dass da irgendjemand seine Finger im Spiel hatte. Bei Frau Saathoff wurde wenige Tage zuvor Darmkrebs diagnostiziert – und da sowohl ihre Mutter als auch ihre Schwester an Krebs gestorben sind und sie wusste, was auf sie zukommt, hat sie dem Ganzen wohl vorher ein Ende gesetzt. Der dritte Fall dagegen macht schon einen etwas merkwürdigen Eindruck. Ich habe dir neulich davon erzählt …«

Gespannt lehnte sich ihre Oma nach vorn und stützte dabei ihre Unterarme auf ihre Knie.

»Es ist erst ungefähr zehn Tage her«, erzählte Charlotte aufgeregt, als plötzlich die Türklingel ihren Bericht unterbrach. »Erwartest du noch jemanden?«

»Das ist bestimmt der Pizzaservice.«

Noch bevor Oma Lene überhaupt reagieren konnte, war Charlotte schon aufgesprungen und zur Haustür geeilt. In kürzester Zeit hatte sie den Boten abgefertigt und kam mit der heißen Pizza in der Hand zurück ins Wohnzimmer.

»Vor ungefähr zehn Tagen wurde Marianne Busboom tot in ihrer Küche gefunden, erinnerst du dich?« Sie stellte das Essen auf den Tisch.

»Die *Marcumar*-Patientin, nicht wahr? Ich erinnere mich. Sie hat sich den Fuß an einer Scherbe aufgeschnitten und ist verblutet.«

»Genau die.« Charlotte nickte anerkennend.

»Aber, sag mal – hast du nicht erzählt, dass Dr. Klaaßen vor Ort auf die Polizei warten musste, weil es ein Unfall war?«

»Das stimmt – und die Polizei hat es auch als Unfall anerkannt. Nur, überleg doch mal: Eine Frau schneidet sich in den Fuß – mit einer Scherbe, die von einem Glas voller Linsen stammt. Fällt dir dazu nichts ein?« Charlotte schaute ihre Oma erwartungsvoll an.

»*Aschenputtel*.«

»*Die Guten ins Töpfchen, die Schlechten ins Kröpfchen*.«

»*Ruckediguh, ruckediguh, Blut ist im Schuh. Der Schuh ist zu klein ...*«

»*...die rechte Braut sitzt noch daheim* – oder so ähnlich.«

»Also noch ein Opfer.« Oma Lenes Stirn legte sich in Falten.

»Ich würde sagen, mindestens eins«, ergänzte Charlotte. »Es könnte durchaus sein, dass auch Patienten anderer Hausärzte betroffen sind. Immerhin kann ich ja nur für unsere Praxis sprechen.«

»Aber Informationen aus anderen Praxen bekommen wir nun mal nicht. Außerdem brauchen wir, um bei Frau Busboom ganz sichergehen zu können, noch das Märchenbuch. Aber wie kommen wir da ran?«

»Das habe ich mir schon überlegt. Ich kenne Frau Busbooms Enkeltochter Katie noch von der Schule. Wir waren auf dem UEG im gleichen Jahrgang. Und da am nächsten Wochenende Gallimarkt ist, werde ich sie höchstwahrscheinlich vor dem *Schwarzwaldhaus* treffen. Dort werde ich dann versuchen, in Erfahrung zu bringen, wie wir an dieses Buch kommen. Aber jetzt lass uns erst mal was essen.«

»Ich will jetzt hier noch Lose kaufen.«

»Aber du hast doch gerade erst welche gekauft. Ich will jetzt zum Pferderennen.«

Mit alten Leuten zum Gallimarkt zu gehen, ist ja fast so anstrengend wie mit kleinen Kindern, dachte Helene und unterdrückte ein Seufzen. Seit sie den Marktplatz beim Rathaus betreten hatten, wurde in einer Tour herumgenörgelt.

»Aber die nächste Losbude ist doch schon gleich da vorn.« Trientje Weber zeigte mit ihrer kleinen, knochigen Hand in die Richtung und lehnte sich dabei so weit vornüber, dass sie beinahe aus ihrem Rollstuhl fiel.

»Vorsicht, Frau Weber!« Helene fasste sie von hinten an der Schulter und zog sie energisch zurück in ihren Sitz. »Ich mach ja schon, so schnell ich kann.«

»Das ist gemein! Immer kriegt Trientje, was sie will!«, maulte Herr Fritz. »Wir wollten doch zum Pferderennen!«

»Wir gehen ja auch gleich zum Pferderennen. Versprochen. Nur noch fünf Lose, Frau Weber, dann ist erst mal Schluss. Verstanden?«

»Ja, ja«, nuschelte diese vor sich hin, während sie dem Losbudenmann das Geld für zehn Lose in die Hand zählte.

»He, das sind ja zehn! Schiebung!«, brüllte Herr Fritz so laut, dass sich die Menschen, die in der Nähe standen, zu ihm umdrehten.

»Ist doch jetzt auch egal, Herr Fritz. Es sind ja die letzten.« Helene versuchte, die Situation zu retten, bevor sie eskalierte und Herr Fritz sich wie ein wütendes Kind auf den Boden warf, weil er seinen Willen nicht bekam.

Mit ihren gichtsteifen Fingern versuchte Frau Weber indes, die kleinen Plastikringe von den aufgerollten Papierstreifen zu ziehen.

»Komm, Trientje, ich helf dir schnell«, bot sich Herr Fritz an.

»Nein, Emil, ich mach das alleine.«

Ungeduldig trippelte Herr Fritz von einem Fuß auf den anderen. »Wie lange dauert das denn noch?«

»So lange, wie das eben dauert«, kam prompt die Antwort.

Helene hatte sich vor ein paar Tagen bereitwillig dazu überreden lassen, mit den beiden alten Herrschaften am Mittwochnachmittag einen kurzen Gang über den Gallimarkt zu machen. Schließlich kamen sowohl Herr Fritz als auch Frau Weber gebürtig aus Leer und waren ihr Leben lang jedes Jahr dort gewesen. Das war nun mal Tradition. Warum dann nicht auch in diesem Jahr, hatte Helene sich gedacht und der Aktion zugestimmt. Außerdem, so hatte sie gehofft, würde es sie ein wenig von den Gedanken an die drei Morde ablenken.

Allerdings war sie jetzt schon nicht mehr so ganz überzeugt davon, dass dieser Ausflug dabei besonders hilfreich sein würde. Wenn die beiden Streithähne weiter so herumquengelten, könnte es heute wieder Tote geben.

»Och, Trientje, wir können doch auch schon weitergehen, während du deine Lose aufmachst.«

»Und wenn ich was gewonnen habe?! Dann kann ich mir ja nichts aussuchen!«

»Du gewinnst doch sowieso nie was.«

»Das stimmt ja gar nicht. Gemeinheit.« Ungeschickt nestelte sie an dem dritten Los herum. Sogar Helene musste sich mit aller Gewalt zurückhalten, um ihr nicht die restlichen Schnipsel aus den Händen zu reißen, um das Ganze zu einem schnellen Ende zu bringen. Das Herumgefriemel machte sie so nervös, dass ihr allein vom Zusehen schon ganz kribbelig wurde. Um sich zu beruhigen, ließ sie ihren Blick über die Menge der Marktbesucher schweifen, die an ihnen vorbeizog. Trotz des schönen Wetters waren die Gänge nicht übermäßig voll von Menschen, wie man es zum Beispiel vom Freitagabend kannte, wenn das Feuerwerk stattfand. Es war noch genügend Platz, um auch mit Frau Weber in ihrem Rollstuhl bequem vorwärtskommen zu können. Wenn sie denn endlich alle ihre Lose geöffnet hätte.

Aber davon war sie noch geschätzte zwei Stunden entfernt. Sie nahm gerade erst Los Nummer fünf zur Hand, als Helene plötzlich ein seltsames Gefühl überkam. Sie blickte auf und sah an der schräg gegenüberliegenden Crêpebude einen Mann stehen, der sie beobachtete. Er war groß und kräftig, mit breiten Schultern und silbergrauen Haaren, und er lächelte Helene an. Erschrocken wandte sie die Augen ab. Aber nur, um schon in der nächsten Sekunde einen weiteren Blick zu riskieren. Sie sah, wie sein Lächeln noch breiter wurde. Gemächlich setzte er sich in Bewegung und steuerte auf sie zu. Und an seinem Gang erkannte sie ihn. Lässig und doch beherrscht, mit einer leichten Überheblichkeit – wie ein Revolverheld aus *Western von gestern*.

»Richard? Bist du das?«, fragte Helene verwundert.

»Ganz recht. Da staunst du, was?!« Richard gab ihr förmlich die Hand, nur um sie dann an sich zu ziehen und sie herzlich zu umarmen.

»He, he, junger Mann. Zerdrücken Sie uns unsere Frau Hövelmann nicht. Die brauchen wir noch«, erklärte Herr Fritz heiter.

»Ich habe Ihre Frau Hövelmann schon dutzende Male gedrückt, und es ist noch nie etwas passiert. Na ja, jedenfalls nichts Schlimmes.« Richard zwinkerte Herrn Fritz zu. Der kicherte in sich hinein.

Frau Weber war immer noch zu beschäftigt, um überhaupt irgendetwas mitzubekommen. Sie versuchte sich mittlerweile an Los Nummer sieben.

Helene bemerkte, dass Richard sie von oben bis unten betrachtete und anerkennend nickte. »Mensch, Hettie, du hast dich überhaupt nicht verändert.«

Hettie – wie lange hatte sie diesen Spitznamen nicht mehr gehört.

»Das halte ich aber für ein Gerücht«, erwiderte sie lachend, obwohl sie sich geschmeichelt fühlte. »Bist immer noch der alte Charmeur, genau wie damals.«

»Es gibt eben Dinge, die ändern sich nie.« Die Intensität, mit der er ihr bei dieser Äußerung in die Augen sah, ließ ihre Knie weich werden.

»Was machst du denn überhaupt hier? Ich dachte, du hättest Leer schon vor Jahrzehnten den Rücken gekehrt?«

»Hatte ich auch. Ich habe lange Zeit in Düsseldorf gewohnt. Aber dann hat mich ganz plötzlich das Heimweh nach Ostfriesland gepackt und jetzt wohne ich seit gut drei Wochen wieder hier. Aber was ist mit dir – und Ernst? Ist er auch hier?« Und während er das sagte, drehte er sich suchend nach allen Seiten um.

»Ernst ist vor vier Jahren gestorben.«

Richards Gesicht verlor jede Spur von Heiterkeit. »Das habe ich nicht gewusst. Tut mir leid.«

»Woher solltest du auch ...« Schließlich hast du ja nie wieder etwas von dir hören lassen, obwohl ihr die besten Freunde wart, dachte Helene verbittert. Aber so war das wohl bei Männern, die sich beide in das gleiche Mädchen verliebten.

Trotz der lauten Musik, die von den Fahrgeschäften herüberdröhnte, und des Trubels der Marktbesucher um sie herum fühlte sich das betretene Schweigen, das nun zwischen ihnen herrschte, unangenehm an. Richard hatte seine Hände in die Hosentaschen gesteckt und sah zu Boden.

Er benimmt sich noch genau wie damals, schoss es Helene durch den Kopf. Freundschaftlich legte sie ihm die Hand auf den Arm. »Hat mich gefreut, dich zu sehen.«

Verlegen schaute er sie an. »Und mich erst.« Das Lächeln kehrte zurück auf sein Gesicht.

»Gewonnen! Ich habe gewonnen! Juhuu!« Frau Weber

sprang vor Freude fast aus ihrem Rollstuhl, die völlig zerknüllten Lose in der Hand.

»Na, meine Liebe, dann wollen wir mal sehen.« Der Losbudenbesitzer nahm vorsichtig die Zettel an sich und zählte die Punkte.

»Und? Und? Was hat sie denn gewonnen?« Sogar Herr Fritz war ganz aufgeregt.

»Hier, dieses herrlich kuschelige – äh – Schpongedings!« Und amüsiert drückte ihr der Mann einen quietschgelben SpongeBob in die Arme. »Können Sie ja Ihrem Enkel schenken, meine Werteste.«

Glückselig setzte Frau Weber sich das hässliche Teil auf den Schoß. »Mein Enkel wird nächste Woche vierzig und arbeitet beim Amtsgericht. Ich glaube nicht, dass der sich darüber freuen würde. Aber ich freue mich.«

»Und ich mich auch«, erklärte Herr Fritz und strahlte. »Jetzt können wir endlich zum Pferderennen!«

Freitag, 12. Oktober

Helene sah auf die Uhr. 7 Uhr 35. Vor fünf Minuten hatte Charlottes Arbeitstag begonnen. Zeit, anzurufen.

»Hier ist die Praxis von Dr. Bob und Sie hören die Geschichte eines Quacksalbers, der vor die Hunde gegangen ist ... Sie haben das unglaubliche Glück, mit Schwester Charlotte sprechen zu dürfen. Was kann ich für Sie tun?«

»Charlotte. Mensch. Ich hätte beinahe wieder aufgelegt.«

»Hallo, Oma.« Helene hörte sie lachen. »Anscheinend hast du dich wirklich erschrocken. Du hast *Charlotte* zu mir gesagt.«

»Aber wenn du dich auch so komisch meldest. Es hätte ja auch jemand anderes dran sein können!«

»Nein, hätte nicht. Deine Nummer stand auf dem Display.«

Helene wusste, dass es nur ein weiterer Versuch war, sie aufzuheitern, auch wenn die derzeitige Situation keinen Anlass zur Fröhlichkeit bot. Das Mädchen hatte einfach unglaubliche Angst davor, Helene wieder in Schwermut versinken zu sehen. Sie hatten gemeinsam schlimme Zeiten durchgemacht und Helene konnte es ihr nicht verübeln.

»Außerdem habe ich schon damit gerechnet, dass du anrufst. Du willst wissen, ob ich Katie getroffen habe.«

»Und, hast du?«

»Ja, das habe ich. Wie erwartet am *Schwarzwaldhaus*. Sie hat mir erzählt – obwohl sie so betrunken war, dass sie kaum noch sprechen konnte –, dass ihre Eltern morgen Vormittag um elf Uhr einen Garagenflohmarkt veranstalten, auf dem sie die Sachen ihrer Oma verkaufen wollen.«

»Also gehen wir morgen zu einem Garagenflohmarkt.« Helene hörte aus den Tiefen des Telefonhörers Dr. Klaaßen, der Charlottes Namen rief.

»Ich glaube, ich muss jetzt Schluss machen.«

Wieder drang Dr. Klaaßens Stimme an ihr Ohr. Diesmal klang er schon leicht gereizt. »Das glaube ich allerdings auch.«

»Bis morgen so gegen halb elf dann – und schalten Sie auch nächstes Mal wieder ein, wenn Sie Dr. Bob sagen hören …«

»Charlotte, ich habe Ihnen schon tausendmal gesagt: Keine Privatgespräche bei der Arbeit – ist das klar?!«

»Klar, Chef!« Und dann war die Verbindung unterbrochen.

Schmunzelnd legte Helene auf. So war sie, ihre Lotte – immer für einen Spaß zu haben.

Schade nur, dass Dr. Bob heute anscheinend nicht zu Scherzen aufgelegt war.

Helene lehnte sich in ihrem Sessel zurück und starrte gedankenverloren aus dem Wohnzimmerfenster. Die Sonne schickte gerade ihre ersten Strahlen durch den Garten, so dass die vom Tau feuchten Spinnweben blinkten und glitzerten. In der hinteren Ecke des Gartens stand ein alter Ahornbaum, dessen Blätter sich bereits von noch grün über gelb bis hin zu rot und braun zu verfärben begannen. Das darunter liegende Blumenbeet mit seinem Sonnenhut, den verschiedenen Ziergräsern und einem Meer von Astern und Chrysanthemen war – wie jeden Herbst – Helenes ganzer Stolz.

Doch im Augenblick registrierte sie das alles gar nicht. Ihr gingen nur zwei Sachen im Kopf herum. Zum einen war sie gespannt, ob sie morgen zwischen den Sachen von Frau Busboom wohl das Märchenbuch finden würden. Und wenn ja, was dann? Was sollte sie dann machen? Wie sollte sie weiter mit ihrem Wissen umgehen? Sie konnte doch nicht ewig auf eigene Faust weiterermitteln. Sie würde die Polizei einschalten müssen … irgendwann.

Zum anderen hatte das plötzliche Auftauchen von Richard Kohnen sie innerlich doch ziemlich in Aufruhr versetzt. Bis jetzt hatte sie noch niemandem von dieser Begegnung erzählt, nicht einmal Charlotte. Weil dieses zufällige Zusammentreffen mit ihrem Jugendfreund ihr mehr zu schaffen machte, als sie zuzugeben bereit war? Aber wie konnte er auch, so mir nichts, dir nichts, einfach erscheinen – ohne Vorwarnung, ohne Anmeldung, ohne ein Wort …

Seit drei Wochen wohnte er wieder hier in Leer. Warum hatte ihr das niemand erzählt?

Die Leute wussten doch auch sonst immer alles. Über alle noch so sinn- und belanglosen Dinge wurde getratscht und diskutiert. Bis jeder in der Stadt, der es wissen wollte, darüber Bescheid wusste. Nur die wirklich wichtigen Neuigkeiten, die verbreiten sich nicht – jedenfalls nicht bis zu mir, dachte Helene wütend.

Sie erinnerte sich an den Tag, an dem sie Richard ihre Entscheidung mitgeteilt hatte, Ernst zu heiraten und nicht ihn. Wie ein geprügelter Hund war er damals mit gesenktem Kopf und hängenden Schultern fortgegangen. Sie hatte fest damit gerechnet, er würde ihr eine Szene machen, würde sie anbrüllen und herumtoben, um sie von ihrem Entschluss abzubringen oder wenigstens, um seinem Kummer Luft zu machen – aber nichts dergleichen war passiert. Kommentarlos hatte er ihre Entscheidung entgegengenommen und akzeptiert. Obwohl das so gar nicht seiner Art entsprach – ganz im Gegenteil.

Richard und Ernst waren schon seit der Schule die besten Freunde gewesen, obwohl sie unterschiedlicher nicht hätten sein können. Während Ernst der Denker war, der kühle Kopf mit dem spröden Charme, der schweigsame Held mit dem besonderen Spürsinn, galt Richard eher als Heißsporn. Nicht lange nachdenken, nicht lange fackeln – nach vorn preschen mit Hauruck. Das war seine Devise. Eine Art früher Schimanski.

Helene hatte beide gemocht, jeden wie er war, auf seine Art. Mehr noch – sie hatte sich in beide verliebt. Aber am Ende hatte sie Ernst gewählt. Warum? Ihre Eltern, in erster Linie ihre Mutter, gaben ihm den Vorzug. Er war der Besonnenere. Derjenige, der durch diesen Wesenszug der einzigen Tochter eine größere Sicherheit bot. Er war der perfekte Schwiegersohn. Hatte sie sich aus Pflichtbewusstsein ihren Eltern gegenüber für ihn entschieden? Aus dem Glauben heraus, ihre Eltern würden es sicher besser wissen? Vielleicht.

Helene erinnerte sich mit Schrecken an die Sitten, die geherrscht hatten, als sie aufgewachsen war. Eigenständiges Denken wurde nicht gern gesehen bei jungen Damen aus gutem Hause – auch wenn es ihr heute vorkam wie ein Satz aus einem Jane-Austen-Roman. Es war nicht England, es war Deutschland. Eine Kleinstadt in der Provinz – und, es waren die 50iger, die 1950iger.

Helene schloss die Augen und rieb sich mit den Händen Stirn und Schläfen. Kopfschmerzen kündigten sich an.

Wie wäre wohl ihr Leben verlaufen, wenn sie sich anstatt für Ernst für Richard entschieden hätte? Sie hatte Ernst geliebt, keine Frage. Sehr sogar. Und sein Tod hatte eine große Lücke in ihrem Leben hinterlassen, ihrem Alltag, ihrer Gefühlswelt.

Aber wenn sie sich für Richard entschieden hätte – damals, was dann? Sie grub ihre Finger in die Haare und seufzte laut. Zweifellos – sie hätte ihn auch geliebt.

Samstag, 13. Oktober

Helene stellte den Staubsauger zurück in den Abstellraum und schaute auf die Uhr. Gerade erst halb zehn. Noch eine Stunde, bis Charlotte kommen würde. Sie musste versuchen, sich noch so lange zu beschäftigen. Sonst würde sie vor Aufregung verrückt werden. Also, was tun?

Den üblichen Hausputz und den Wochenendeinkauf hatte sie bereits gestern erledigt, um sich abzulenken. Und seit sie heute Morgen aufgestanden war, hatte sie schon gefrühstückt, die Zeitung gelesen, die Spülmaschine ausgeräumt, ihr Bett abgezogen, eine Maschine voll Wäsche aufgehängt, eine neue Ladung fertiggemacht und noch einmal alle Zimmer gestaubsaugt.

Sie starrte erneut auf die Uhr. Fünf nach halb zehn. Und jetzt? Jetzt half nur noch eins – Fenster putzen.

Eine gute Dreiviertelstunde später klingelte es an der Tür. Helene wäre beinahe über ihren Putzeimer gestolpert, nur um schnell genug öffnen zu können.

»Guten Morgen, Oma.« Charlotte drückte sie und gab ihr einen Kuss auf die Wange.

»Guten Morgen, mein Herz«, erwiderte sie die Begrüßung erleichtert. »Dann können wir jetzt ja endlich los.«

*

Es war erst viertel vor elf, als sie das Haus von Frau Busboom in der Händelstraße erreichten, ein einfaches Einfamilienhaus im Stil der sechziger Jahre. Eine niedrige Steinmauer säumte den vorderen, überschaubaren Teil des Gartens. Die ersten Käufer packten bereits ihre erstandenen Waren, hauptsächlich alte Möbel und Geschirr, in Kofferräume und Anhänger.

Charlotte stieß ihre Oma an und flüsterte: »Die Bücher liegen da. Siehst du?« Sie zeigte mit dem Kopf in Richtung Garage, die rechts neben dem Haus lag. »Auf dem Tapeziertisch.«

Eilig gingen sie darauf zu. Die Bücher waren zwar nicht sortiert – Kochbücher lagen zwischen Romanen und Bastelhefte zwischen Reiseführern – aber anscheinend war Lesen sowieso nicht eines der liebsten Hobbys von Marianne Busboom gewesen. Die Anzahl der Werke erwies sich als durchaus übersichtlich.

»Such nach einem blauen Buch mit einem gelben Rücken«, hörte Charlotte ihre Oma sagen. »Und sag Bescheid, wenn du es gefunden hast. Nicht anfassen.«

»Alles klar, Oma.«

Doch so sehr sie auch nach dem Märchenbuch Ausschau hielt, sie konnte es nicht finden.

»Es ist nicht dabei.« Enttäuscht schaute sie zu ihrer Oma hinüber.

»Nein, ist es nicht. Aber, überleg mal. Im Grunde ist das ein gutes Zeichen. Das heißt doch, Frau Busboom hatte wirklich einen Unfall und ist nicht ermordet worden.«

»Aber ich war mir so sicher. Alles passte so gut zusammen. Der Fuß, die Linsen …«

Unschlüssig standen sie in der Garage herum und grübelten darüber nach, wie es nun weitergehen sollte.

Charlotte beobachtete die Menschen, die in der Hoffnung auf ein Schnäppchen draußen auf der Auffahrt in den privaten Sachen der verstorbenen Dame wühlten. Sie fühlte sich unbehaglich bei dem Anblick. Schließlich war die Ärmste noch nicht sehr lange tot. Sie sah hinüber zu Frau Busbooms Tochter und Schwiegersohn, die hinter einem alten Gartentisch standen und das Geld der Käufer entgegennahmen. Dabei hatten sie ein permanentes Lächeln im Gesicht und es war, als sähe Charlotte in ihren Augen Euro-Zeichen aufblinken.

Aber dass die Trauer über den Verlust bei den beiden nicht besonders groß war, wusste sie ja schon, seitdem Dr. Klaaßen sie genötigt hatte, ihn zum Haus der Verstorbenen zu begleiten. Und vorgestern Abend hatte Katie ihr dann mehr als deutlich gezeigt, dass auch sie ihre Oma nicht sonderlich vermisste. Sie war nicht nur auf dem Gallimarkt *gewesen*, nein, sie hatte Gallimarkt *gefeiert*. Und sie war so betrunken gewesen ...voll wie'n Eimer, hätte Yvonne dazu gesagt.

Charlotte beobachtete ihre Oma, die mit nachdenklichem Gesicht noch einmal die Bücher durchschaute.

Eins schwör ich dir, Oma, dachte sie im Stillen. Wenn du vor zwei Wochen gestorben wärst, hätte ich nicht das Verlangen gehabt, zum Gallimarkt zu gehen.

Charlotte ließ ihren Blick noch einmal über die Menge der Schnäppchenjäger schweifen, als ihre Oma plötzlich hinter ihr stand.

»Es ist wirklich nicht dabei. Lass uns gehen. Ich glaube, es fängt gleich an zu regnen.«

Charlotte folgte ihrem Blick zum Himmel. Schon als sie losgegangen waren, hatte sie die heraufziehenden dunklen Wolken bemerkt.

»Ich habe ja auch gerade erst alle Fenster geputzt«, ließ Oma Lene in ärgerlichem Ton vernehmen. »Ich sage dir, mein Herz, wenn sich eins im Leben nicht lohnt, dann ist das Fenster putzen. Also los, beeilen wir uns lieber.«

Sie waren schon fast an der Pforte, als hinter ihnen

plötzlich großes Geschrei losbrach. Neugierig drehten sie sich um und sahen ein kleines Mädchen, das sich mit einem etwa gleichaltrigen Jungen stritt.

»Das ist meins«, kreischte sie mit piepsiger Stimme. »Lass los … aber sofort, sonst sag ich es Opa.«

»Dann sag's doch, blöde Petze.« Der Junge streckte ihr die Zunge heraus. »Bäähhh!«

Sie klammerten sich beide an einen Gegenstand. Der Junge schaffte es, die Kleine zu Fall zu bringen und ihr das ersehnte Stück zu entreißen. Wie eine Trophäe hielt er seine Beute hoch über seinen Kopf.

»Das ist es!«, sagten Charlotte und Oma Lene wie aus einem Munde.

Das Mädchen hatte sich wieder aufgerappelt und lief weinend auf den Schwiegersohn von Frau Busboom zu.

»Opa, Opa, der gemeine Max hat mir mein Buch weggenommen.« Der Mann nahm sie auf den Arm und fuhr ihr tröstend mit der Hand über die Wange, ohne jedoch das Gespräch mit einem seiner Kunden zu unterbrechen.

Charlotte sah, wie Oma Lene sich währenddessen dem gemeinen Max näherte.

»Du hast ja ein schönes Buch.«

Argwöhnisch schaute er sie an.

Sie hockte sich neben ihn auf den Boden. »Ein Märchenbuch, hm? Ich mag Märchenbücher sehr gerne. Darf ich es mir mal ansehen?« Oma Lene redete mit dem Charme einer Knusperhaushexe auf ihn ein, was den Jungen derart verängstigte, dass er ihr das Buch überließ. Sie schaute von oben auf die Seiten, fuhr mit dem Daumen an die richtige Stelle und schlug es auf. Charlotte lief mit schnellen Schritten auf sie zu und sah ihr über die Schulter. *Aschenputtel* – mit Eselsohr.

»Wer sind Sie?«

Charlotte schreckte zusammen. Herr Schwiegersohn stand plötzlich hinter ihnen. »Was soll das? Geben Sie dem Jungen das Buch zurück!«

In aller Ruhe stand Oma Lene auf. »Ich würde das Buch gerne kaufen. Was soll es kosten?«

»Es ist unverkäuflich! Es gehört den Kindern!« Er strich dem Mädchen, das sich an sein Bein klammerte, über die blonden Locken.

»Ich zahle Ihnen dreißig Euro.«

Er zog eine Augenbraue hoch und stieß einen kurzen Pfiff aus. »Warum?«

»Ich sammele Märchenbücher und dieses fehlt mir noch.«

Das schien ihm als Antwort zu genügen. »Also gut. Dreißig Euro.«

»Nein, Opa, das ist mein Buch!« Das Mädchen fing wieder lauthals an zu heulen und zu jammern. »Du bist gemein! Du hast es mir geschenkt!« Sie klammerte sich immer fester an sein Bein, so dass er beinahe das Gleichgewicht verlor.

»Ich kaufe dir ein neues, mein Schatz. Ein viel schöneres.«

»Nein, nein. Ich will nur dieses!«, schrie sie aus Leibeskräften und versuchte, es Oma Lene aus der Hand zu reißen. »Das von Uri-Omi. Das will ich behalten.« Sie schmiss sich auf den Boden und brüllte und trat um sich. Ihr Opa bemühte sich, sie zu beruhigen – jedoch ohne Erfolg.

»Tut mir leid«, sagte er schließlich an Oma Lene gewandt. »Ich fürchte, es ist doch unverkäuflich.«

*

»So ein Mist!« wiederholte Charlotte den Satz wohl zum hundertsten Mal und ließ sich mit grimmiger Miene in den großen Sessel in Helenes Wohnzimmer fallen. Dabei strich sie mit den Händen über die nassen Hosenbeine ihrer Jeans. »Was machen wir denn jetzt?«

»Ich könnte dir meine Jogginghose leihen.«

»Nicht wegen der Hose, Oma. Wegen des Märchenbuchs.«

»Das Buch? Das können wir vergessen. Da kommen

wir nicht mehr dran.« Mit einem frustrierten Seufzer setzte sich Helene zu ihr.

»Ein so wichtiges Beweismittel – und wir haben es an zwei Kinder verloren.«

So sehr Helene auch auf den Schwiegersohn von Frau Busboom eingeredet hatte, er war bei seinem Entschluss geblieben, das Buch nicht zu verkaufen. Enttäuscht und niedergeschlagen hatten die beiden Frauen den Rückweg angetreten. Zu allem Überfluss hatte es dann auch noch heftig zu regnen begonnen – und sie hatten, wegen der ganzen Aufregung am Vormittag, natürlich nicht daran gedacht, einen Schirm mitzunehmen.

»Zumindest konnten wir einen kurzen Blick hineinwerfen«, sagte Helene. »Stell dir vor, die Kinder hätten nicht gezankt. Dann hätten wir es wahrscheinlich nie zu Gesicht bekommen. Wenigstens wissen wir jetzt, dass wir mit unserem Verdacht richtig lagen.«

»Du hast ja recht. Aber trotzdem: Drei Bücher wären überzeugender gewesen als zwei – für die Polizei, meine ich.«

Helene runzelte die Stirn.

»Oder hast du nicht vor, der Polizei etwas zu sagen?« fragte Charlotte erstaunt.

»Lass uns doch erst mal zusammentragen, was wir überhaupt haben.«

Helene stand auf und holte sich Papier und Kugelschreiber aus der Küche.

›Lieselotte‹ schrieb sie oben auf die erste Seite und unterstrich den Namen doppelt. Und in Gedanken fügte sie hinzu: Ich mache das alles nur für dich. Du fehlst mir.

Doch wie schon so oft schluckte sie ihren Kummer hinunter und konzentrierte sich auf die Fakten. »Lieselotte war das *Schneewittchen*-Opfer. Hinweise in der Wohnung waren, neben dem Märchenbuch, der halbe Apfel und die sieben Gläser. Dann folgt Janette Heydfeld – das *Rotkäppchen*-Opfer.«

Helene blätterte um und schrieb ihren Namen auf die nächste Seite.

»Sie lag in ihrem Bett, wie die Großmutter, und hatte eine rote Mütze auf, wie Rotkäppchen«, ergänzte Charlotte.

»Nur warum die aufgedrehte Heizung? Dazu gibt es in der Geschichte keinen Bezugspunkt.«

»Ich weiß auch nicht. Vielleicht sollte die Wärme quasi das Tatwerkzeug sein. Schließlich ist sie an Kreislaufversagen durch Überhitzung gestorben.«

»Hm, vielleicht«, überlegte Helene. Sie schlug die Seite um und schrieb den Namen des nächsten Opfers auf. »Marianne Busboom. *Aschenputtel*-Opfer. Schneidet sich den Fuß an den Scherben eines Glases auf, in dem sich Linsen befinden.«

Als sie alles notiert hatte, legte sie den Kugelschreiber aus der Hand und sah ihre Enkeltochter aufmerksam an. »So, Lotte – und jetzt stell dir mal vor, wir gehen mit dieser Liste zur Polizei. Denkst du, sie werden uns das abnehmen?«

Charlotte schaute etwas unschlüssig drein.

»Außer den zwei Büchern haben wir nichts in der Hand.«

»Aber die Hinweise, die der Mörder hinterlassen hat!«

»Die Dinge, die er bei Lieselotte arrangiert hat, sind nur mir aufgefallen. Frau Heydfeld war demenzkrank, also in den Augen aller nicht wirklich zurechnungsfähig. Und Frau Busboom hatte einen tragischen Unfall. Die Beamten waren ja sogar vor Ort und haben das bestätigt.«

Sichtlich erschüttert sank Charlotte in ihrem Sessel zusammen. »Aber wir müssen doch irgendetwas tun«, sagte sie leise.

»Das machen wir ja schon.« Helene zeigte auf den Block auf ihrem Schoß und nahm den Schreiber wieder zur Hand. »Also, was für Gemeinsamkeiten hatten die drei?«

»Es waren alles ältere, alleinstehende Frauen, die in Loga wohnten und von demselben Arzt betreut wurden.«

»… der damit auf unsere Verdächtigenliste gehört.«

»Meinst du wirklich? Ich kann mir das, ehrlich gesagt, von Dr. Bob nicht vorstellen – dass er ein eiskalter Mörder ist.«

»Er muss es ja auch nicht getan haben. Nur ausschließen dürfen wir ihn nicht. Gibt es sonst noch Parallelen?«

Helene sah, dass ihre Enkeltochter angestrengt nachdachte. Sie hatte die Finger an die Schläfen gelegt und hielt die Augen geschlossen.

»Alle drei Märchen haben eine weibliche Hauptfigur.«

»Das kann auch purer Zufall sein«, meinte Helene. »Aber mir fällt gerade etwas ein, das Rita Elsen mir erzählt hat«, und bei der Nennung des Namens bekam Helene prompt wieder ein schlechtes Gewissen. »Frau Heydfeld wurde von einer Schwester der *Häuslichen Engel* betreut. Sie hat den Namen auch gesagt. Schwester …«

»Schwester Monika«, kam ihr Charlotte zur Hilfe.

»Genau. Schwester Monika. Weißt du, ob auch Frau Busboom von denen betreut wurde?«

»Ja, von demselben Pflegedienst. Aber ich weiß nicht, wie die Schwester heißt. Was ist mit Lieselotte?«

»Nein, die kam noch gut allein zurecht.«

»Schade – ich meine, weil es keine Übereinstimmung gibt.«

»Warte mal. Vor gut einem halben Jahr hatte sich Lieselotte doch das rechte Ellenbogengelenk gebrochen, weißt du noch?«

Charlotte nickte.

»Da hat sie für kurze Zeit Hilfe vom Pflegedienst gehabt. Und außerdem hat sie in der Zeit auch Essen auf Rädern bekommen. Von der *Leeraner Heimkost*. Und Frau Heydfeld auch!«

»Und Frau Busboom! Das hat mir ihre Tochter vor ein paar Wochen erzählt. Aber nur drei, vier Mal. Ihre Tochter hat dann für sie mitgekocht, weil es ihr zu teuer war. So was schmälert das Erbe ungemein, weißt du …«

»Charlotte«, sagte Helene empört.

»Ist doch wahr. Du hast doch selber gesehen, wie sie es gar nicht abwarten konnten, Frau Busbooms Sachen zu Geld zu machen. Wie die Geier! Grässlich, diese Leute.«

Ihre Enkelin hatte recht. Helene war ebenfalls aufgefallen, wie gierig die Tochter und der Schwiegersohn immer wieder die Scheine in ihrer kleinen Kasse gezählt hatten.

»Was ist mit dem komischen Geruch nach Tanne bei Lieselotte und Frau Busboom?«

»Solange wir nicht wissen, warum es bei den beiden so merkwürdig gerochen hat, können wir da nicht viel machen. Außerdem wissen wir nicht, ob es im Haus von Frau Heydfeld auch diesen speziellen Geruch gab. Wenn dir sonst nichts mehr einfällt – schauen wir uns erst mal die Verdächtigen, die wir jetzt haben, etwas genauer an.«

»Und wie willst du das anstellen?«

»Du kümmerst dich um Dr. Bob und ich bestelle mir am Montagmorgen Essen auf Rädern.«

Montag, 15. Oktober

»Also morgen Mittag dann, Herr Koets. Ja, ja, natürlich. Es macht mir bestimmt nichts aus, wenn ich die Letzte auf der Tour bin.« Das passt mir sogar sehr gut, dachte Helene.

Sie bedankte sich für seine Freundlichkeit und verabschiedete sich vom Chef der *Leeraner Heimkost,* Gerfried Koets.

Schon oft hatte sie sein Bild in der Zeitung gesehen. Er war ein stattlicher Mittfünfziger mit einem großen Herz für gescheiterte Existenzen und Menschen, denen niemand eine Chance geben wollte. Deshalb beschäftigte er in seinem Betrieb hauptsächlich Leute aus sozial schwachem Umfeld. Exknackis, Ex-Drogenabhängige, auffällig gewordene Jugendliche ohne Schulabschluss, ohne Zukunft. Schon viele hatten es geschafft, nach dieser Möglichkeit zur Resozialisierung in ein geordnetes Leben zurückzufinden oder überhaupt eines zu beginnen.

Der junge Mann, der Helene morgen das Mittagessen bringen würde, war, laut Auskunft von Herrn Koets, für den Bereich Loga zuständig. Also hatte er mit größter Wahrscheinlichkeit auch die drei Opfer beliefert. Glücklicherweise stand Helene an letzter Stelle seiner Fahrtenliste, was bedeutete, dass er nicht unter allzu großem Zeitdruck stehen würde und sie sich in Ruhe ein Weilchen mit ihm unterhalten konnte.

Doch bis dahin waren es noch Stunden. Um die Zeit nicht ungenutzt verstreichen zu lassen, fasste sie den Entschluss, dem Hauptsitz der *Häuslichen Engel* am Hoheellernweg einen Besuch abzustatten.

Der Leiter des Pflegedienstes, Dietmar Evers, war ein nicht besonders großer, aber kräftiger Mann mit schütterem blondem Haar. Die auffallend dicken Gläser seiner Brille ließen seine Augen um ein Vielfaches größer erscheinen, als sie vermutlich in Wirklichkeit waren.

Er forderte Helene höflich auf, in seinem Büro Platz zu nehmen und bot ihr einen Kaffee an, den sie dankend annahm.

»Womit kann ich Ihnen dienen?«

»Ach, wissen Sie, ich suche eine Pflegekraft für meine achtzigjährige Tante.«

»Na, da sind Sie bei uns genau richtig. Wo wohnt Ihre Tante denn?«

»In Loga am Buchenweg. Sie ist sonst immer noch ganz gut allein zurechtgekommen, aber vor etwa zwei Wochen ist sie aufgrund eines Schwächeanfalls gestürzt. Zum Glück hat sie sich nichts gebrochen. Doch nun hat sie Angst, es könnte wieder passieren. Und ich habe einfach nicht die Zeit, mich um sie zu kümmern.« Helene hoffte, ihre Geschichte, die sie sich erst gerade auf der Fahrt ausgedacht hatte, klang hilfsbedürftig genug. Sie wollte ja auch nicht maßlos übertreiben.

»Ich verstehe. Hat Ihre Tante – wie war gleich der Name?«

»Grietje Schmidt.«

»Hat Frau Schmidt denn schon eine Pflegestufe?«

»Nun ja, ich habe gedacht, das wäre zum Beispiel auch so etwas, um das Sie sich kümmern könnten«, sagte sie etwas unüberlegt, während sie in ihrem Kaffee rührte.

Missgestimmt sah Dietmar Evers sie an und räusperte sich.

Sofort ruderte sie zurück. »Ich meine, mir dabei zu helfen, die ganzen Unterlagen auszufüllen. Ich komme einfach nicht damit klar. Und Sie, als Mann aus der Branche, haben doch sehr viel mehr Ahnung davon als ich.« Scheinheilig lächelte sie ihn an, bevor sie sich die Kaffeetasse an die Lippen setzte.

Seine Miene hellte sich sofort wieder auf. »Es ist ja auch nicht so einfach, da durchzusteigen. Bei den ganzen neuen Gesetzen und Verordnungen. Und es werden jeden Tag mehr. Aber bei uns ist Ihre Tante da in besten Händen.«

»Wenn Sie die Pflege von Tante Grietje übernehmen würden, wissen Sie schon, welche Schwester sich um sie kümmern würde?« Helene wollte das Gespräch so schnell wie möglich auf den Punkt bringen, um nicht den ganzen Vormittag dort verbringen zu müssen. Noch dazu mit nichts als Lügen.

»Warum interessiert Sie das?«

»Ich will ehrlich sein. Ich habe mich zuvor schon ein wenig umgehört. Man erfährt doch so einiges von Freunden und Bekannten, wissen Sie.«

Er nickte und vor Neugier wurden seine Augen fast so groß wie Untertassen.

»Und der Name einer Ihrer Schwestern wurde sehr

häufig erwähnt – in absolut positivem Zusammenhang, versteht sich. Schwester Monika.«

»Ahh, natürlich. Bitte verzeihen Sie mir die folgende etwas frauenfeindliche Äußerung, aber sie ist mein bestes Pferd im Stall. Eine liebenswerte Person – zuvorkommend, kompetent, zuverlässig, mit zwanzig Jahren Berufserfahrung. Für sie ist die Arbeit kein Beruf, sondern eine Berufung. Die alten Herrschaften sind ganz hingerissen von ihr.«

»Genau das habe ich auch gehört«, sagte Helene schnell, um die Lobeshymne zu einem Ende zu bringen. Irgendwie passte die Beschreibung nicht zu der kaltblütigen Mörderin alter Damen. Oder vielleicht gerade doch? »Wäre es möglich, sie kennenzulernen?«

Er schaute auf die Uhr. »Ich glaube, Sie haben Glück. Sie müsste jeden Augenblick von ihrer Vormittagstour zurück sein. Vielleicht ist sie auch schon da.«

Dietmar Evers stand auf und ging hinaus. Nur zwei Minuten später kam eine sportliche Frau Anfang vierzig herein. Über ihrer weißen Berufskleidung trug sie eine dunkelblaue Strickjacke. Sie hatte eine modische Kurzhaarfrisur und ein freundliches Gesicht mit vielen Lachfältchen.

Das ist keine Mörderin, schoss es Helene durch den Kopf. Aber man soll nie nie sagen, mahnte gleichzeitig eine andere Stimme.

»Hallo, ich bin Schwester Monika«, begrüßte sie Helene fröhlich. »Sie wollten mich sprechen?«

»Helene … Schmidt. Hallo.« Helene fühlte sich genötigt, noch einmal kurz ihr frei erfundenes Anliegen aufzutischen.

Schwester Monika war begeistert. »Darf ich fragen, wer so viel Gutes über mich erzählt hat?«

»Verschiedene Leute. Janette Heydfeld zum Beispiel … und Lieselotte Wischmeyer. Oh ja, und Marianne Busboom.«

»Marianne Busboom? An die erinnere ich mich gar nicht. Frau Wischmeyer und Frau Heydfeld schon. Sind beide in der letzten Zeit verstorben«, sagte sie und ihre Stimme wurde traurig. »Aber eine Frau Busboom habe ich nie betreut.«

»Sie wohnte in der Händelstraße.«

Schwester Monika schüttelte den Kopf. »Eigentlich habe ich ein ziemlich gutes Gedächtnis für meine Patienten. Die kenne ich wirklich nicht.«

»Vielleicht ist es auch mein Fehler«, räumte Helene ein. Mit übertriebener Geste schob sie den Ärmel ihres Pullovers hoch und schaute auf ihre Armbanduhr. »So spät schon. Jetzt muss ich aber dringend los. Zu einem wichtigen Termin. War nett, Sie kennenzulernen.« Sie schüttelte der vollkommen verdutzten Schwester die Hand und eilte aus dem Büro. Auf dem Flur prallte sie mit Dietmar Evers zusammen.

»He, he, nicht so stürmisch.«

»Oh, entschuldigen Sie. Ich habe noch einen dringenden Termin.«

»Und was ist mit Ihrer Tante?«

Einfach hinauszurennen, empfand Helene doch als ungemein unhöflich. Deshalb nahm sie seine Hand und sagte mit überschwänglicher Liebenswürdigkeit: »Ich muss Ihnen ja gestehen, Herr Evers, Sie waren nicht die erste Adresse, an die ich mich gewandt habe. Aber bei keinem anderen Pflegedienst hat man mich so zuvorkommend behandelt wie hier.« Ihre Lippen formten dabei ein hinreißendes Lächeln und sie spürte, dass er sich sehr geschmeichelt fühlte. »Ich melde mich bei Ihnen. Und vielen Dank für den Kaffee.«

Als sie sich an der Tür noch einmal umdrehte, sah sie einen glücklich grinsenden Dietmar Evers und eine irritiert wirkende Schwester Monika.

*

Charlotte saß neben ihrem Chef und assistierte ihm dabei, einer fünfzehnjährigen Patientin mit einer Pinzette kleine Schlackesteinchen aus der offenen Wunde zu entfernen, die in ihrem Knie klaffte. Das Mädchen hatte allem Anschein nach auf ihre fortgeschrittenen Fähigkeiten beim Inlineskaten vertraut und auf Ellbogen- und Knieschützer verzichtet. Mit schmerzverzerrtem Gesicht, aber ohne auch nur einen Laut von sich zu geben, ertrug sie die Erkenntnis, dass sie sich wohl geirrt hatte.

Charlotte beobachtete, mit welcher Vorsicht und mit welchem Feingefühl Dr. Bob vorging. Wie er beruhigend auf das Mädchen einsprach, dabei aber nicht vergaß, auch auf ihre begangene Fahrlässigkeit hinzuweisen. Sorgfältig untersuchte er die Wunde noch einmal, um sicher zu sein, dass er auch nichts übersehen hatte, und spülte sie dann behutsam mit isotonischer Kochsalzlösung aus.

Charlotte ließ seine Hände nicht aus den Augen.

Könnten diese Hände wirklich einen Mord begehen?

Schon seit fünf Jahren arbeitete sie nun eng mit ihm zusammen. War er tatsächlich dazu in der Lage, jemanden mit Vorsatz zu töten? Als Arzt, der einen Eid geschworen hatte? Den Eid, menschliches Leben zu retten und zu erhalten?

Manchmal benahm er sich schon irgendwie seltsam, dass musste sie zugeben. Und dann sein schräger schwarzer Humor. Verwies vielleicht gerade dieser schwarze Humor auf seine dunkle Seite?

»Charlotte wird dir jetzt noch einen Salbenverband anlegen – ich meine, wenn sie es schafft, mich nicht länger anzustarren.«

Vor Schreck fiel ihr die Nierenschale aus der Hand, die sie ihrem Chef zum Ablegen der Steinchen hingehalten hatte, und der Inhalt verteilte sich auf dem Fußboden.

»Und wir wollen mal hoffen, dass ihr heute nicht noch wichtigere Sachen einfach aus der Hand fallen.«

Mit hochrotem Kopf stand sie auf und suchte nervös im Verbandschrank nach den benötigten Utensilien.

»Also dann, gute Besserung«, hörte sie Dr. Bob an das Mädchen gewandt sagen. »Und nie wieder ohne Schützer – haben wir uns verstanden?«

Damit verließ er das Behandlungszimmer und überließ Charlotte die Restarbeiten.

Den ganzen Tag hatte Charlotte ein mulmiges Gefühl. Sie wusste einfach nicht, ob sie ihrem Chef noch vertrauen konnte. Jedes Wort, das sie von ihm hörte, jede Geste, die sie beobachtete, analysierte sie umgehend. Sie war auf der Suche nach einem Hinweis, einem Zeichen, das ihn verraten würde. Allerdings war ihre Phantasie so übermächtig, dass es ihr ohne Mühe gelang, in alles etwas hineinzuinterpretieren. Selbst ein harmloses: »Na, Frau Soundso, wie geht es uns denn heute?« klang für sie im Laufe des Nachmittages schon irgendwie seltsam bedrohlich. Sie stellte alles an ihm in Frage, seine ganze Person – und ihre Zweifel wuchsen stündlich.

Endlich näherte sich der Arbeitstag dem Ende. Es war fünf vor sechs und der letzte Patient verließ soeben die Praxis.

Charlotte ging schon in den Umkleideraum, während Yvonne noch den Computer herunterfuhr.

Charlotte verstaute die weiße Praxiskluft in ihrem Schrank und zwängte sich in ihre eigenen Sachen, als sie hörte, wie die Praxistür zuknallte. Dr. Bob hatte es heute aber eilig, nach Hause zu kommen. Egal – sollte ihr nur recht sein. Schließlich hatte sie selbst auch einen Schlüssel für die Praxis, dann würde sie eben gleich abschließen.

Als sie ihren Rucksack aus dem Aufenthaltsraum holen wollte, fiel ihr Blick in den dort hängenden Spiegel.

»Meine Güte, Yvonne. Ich seh ja aus wie ein Wischmop. Das hättest du mir auch sagen können.« Verärgert löste sie ihren Pferdeschwanz, schüttelte den Kopf und versuchte die elektrisierten Haare mit den Finger zu bändigen. Plötzlich nahm sie im Spiegel eine Bewegung hinter sich wahr, aber noch ehe sie sich umdrehen konnte, hörte sie Dr. Klaaßen mit eigenartig belegter Stimme sagen: »Spieglein, Spieglein an der Wand. Wer ist die Schönste im ganzen Land?«

Mit immer noch weichen Knien und zitternden Händen betrat Charlotte ihre kleine Wohnung.

Sie rang schwer nach Luft. Zum einen wegen des kalten Ostwindes, der bei jedem Atemzug in ihren Bronchien gebrannt hatte, zum anderen, weil sie wie eine Verrückte mit dem Fahrrad nach Hause gerast war. Weg – nur weg von der Praxis.

Als Dr. Bob plötzlich im Aufenthaltsraum hinter ihr aufgetaucht war, hatte ihr das einen ganz schönen Schrecken eingejagt. Sie war schließlich davon ausgegangen, er sei schon auf dem Weg nach Hause. Dabei war es Yvonne gewesen, die es so furchtbar eilig gehabt hatte.

Was sie dann aber so richtig in Angst versetzt hatte, war seine Stimme gewesen, die so sonderbar geklungen hatte. Und natürlich vor allem das, was er gesagt hatte.

»Spieglein, Spieglein, an der Wand …« Die böse Stiefmutter aus *Schneewittchen*.

Sie hatte sich zu ihm umgedreht und so laut geschrien, dass sämtliche Farbe aus seinem Gesicht gewichen war. In wilder Panik war sie an ihm vorbei aus der Praxis gestürzt, hatte ihr Fahrrad gepackt und war nach Hause gejagt.

Nun saß sie in ihrer Küche und versuchte, sich zu beruhigen. Sie bemühte sich, ihre Gedanken zu sortieren, die wie wild in ihrem Kopf durcheinander tobten. Warum hatte Dr. Bob sich so an sie herangeschlichen? Warum diese verstellte Stimme? Und warum ausgerechnet dieses Zitat? War er vielleicht doch der Mörder? Hatte er die alten Damen auf dem Gewissen? Aber aus welchem Grund sollte er so etwas tun?

Charlotte schauderte bei dem Gedanken daran, morgen früh wieder zur Arbeit zu müssen. Ihm zu begegnen. Wie würde er reagieren? Was würde er sagen? Immerhin hatte sie aus seiner Sicht völlig grundlos geschrien und war ohne jede Erklärung einfach abgehauen. Na ja, vielleicht nicht völlig grundlos … oder doch?

Sie merkte, dass ihr Versuch, Ordnung in ihre Überlegungen zu bringen, kläglich scheiterte. Sie musste mit jemandem darüber sprechen. Sie brauchte einfach eine zweite Meinung.

»Hövelmann.«

»Hallo, Oma. Hier ist Lotte.« Sie bemerkte selbst, wie zittrig ihre Stimme klang.

Auch Oma Lene entging das offenbar nicht. »Was ist los, mein Herz? Geht's dir nicht gut? Ist was passiert?«

»Das kann man wohl sagen.« Und sie erzählte ihr die ganze Geschichte. Angefangen von der fallen gelassenen Nierenschale über die akribische Observierung ihres Chefs während des ganzen Tages bis hin zu dem Vorfall im Aufenthaltsraum.

Oma Lene hörte sich alles in Ruhe an, ohne sie zu unterbrechen. Als Charlotte geendet hatte, folgte eine kurze Zeit der Stille.

»Oma?«, fragte sie. »Bist du noch dran?«

»Ja, natürlich. Weißt du, Lotte, sei mir jetzt bitte nicht böse, aber ich glaube, du hast ein bisschen überreagiert.«

Charlotte wollte etwas einwenden, doch ihre Oma ließ sie nicht zu Wort kommen.

»Zum Teil ist das auch meine Schuld«, gab Oma Lene zu. »Ich habe Dr. Klaaßen mit auf die Verdächtigenliste gesetzt und da gehört er auch immer noch hin. Schließlich hatte er als Hausarzt eine sehr vertrauliche Beziehung zu allen drei Opfern und, was auch sehr wichtig ist, die nötigen medizinischen Kenntnisse. Auf der anderen Seite hört sich das für mich aber auch danach an, als hättest du dich da ein bisschen selbst hochgeschaukelt. Oder?«

»Mag sein«, gestand Charlotte kleinlaut.

»Du erzählst doch immer davon, wie peinlich er sich

manchmal seinen Patienten gegenüber benimmt und wie schrecklich seine Art von Humor ist.«

»Aber dieser Spruch ...«

»Schon ein merkwürdiger Zufall, das stimmt natürlich. Aber eben auch ein sehr bekanntes und oft verwendetes Zitat. Schließlich hast du ja wirklich vor einem Spiegel gestanden und deine Haare in Ordnung gebracht. Vielleicht sollte es doch nur eine Anspielung auf deine Eitelkeit sein.«

»Wenn du meinst ...«

»Ich kann dir nur folgenden Rat geben: Geh morgen ganz normal zur Arbeit und warte ab, wie Dr. Klaaßen sich verhält. Sei vorsichtig, aber nicht hysterisch.«

Charlotte seufzte. »Ich versuch's.«

Einen Moment lang herrschte wieder Schweigen. Charlotte spürte, wie sich ihr Körper allmählich etwas entspannte. »Wie war denn eigentlich dein Tag?« fragte sie.

»Ich war als schamlose Lügnerin unterwegs – als Gast bei den *Häuslichen Engeln*. Im Grunde ist es schon beinahe ein Frevel die Worte ›schamlose Lügnerin‹ und ›Engel‹ in einem Satz zu gebrauchen.«

Charlotte kicherte. »Hast du denn wenigstens etwas herausgefunden?«

»Nur, dass ich nicht glauben kann, dass Schwester Monika eine Mörderin sein soll.«

»Hätte ich dir gleich sagen können, die ist viel zu nett. Sogar zu gut für diese Welt, wenn du mich fragst.«

»Und warum hast du mir das nicht gleich gesagt?«, fragte Oma Lene verärgert. »Dann hätte ich mir die Schmach ersparen können.«

»Hättest du mir denn geglaubt? Du wärst trotzdem hingegangen. Ich kenn dich doch.«

Oma Lene murmelte etwas Unverständliches in den Hörer, in dem das Wort Entschuldigung vorkam.

»Und wie geht es jetzt weiter?«

»Morgen Mittag kommt die *Leeraner Heimkost* und bringt mir mein Essen.«

»Na dann, guten Appetit.«

Sie sprachen noch über dies und das, bis ihre Oma schließlich Schluss machen musste, weil sie mit ihrer Freundin Margret noch ins Kino wollte. Heute war VHS-Filmclub-Abend.

Mittlerweile hatte Charlotte sich einigermaßen von ihrem Schrecken erholt und fand, es wurde langsam Zeit für ein anständiges Abendessen. Und während sie das Wasser für die Spaghetti aufsetzte, kam ihr eine Idee, wie sie vielleicht doch noch herausfinden konnte, ob Dr. Bob unschuldig war.

Dienstag, 16. Oktober

Ihr ganzer Körper bibberte vor Nervosität und Kälte, als sie den Schlüssel in die Eingangstür der Praxis steckte. Es war noch vor sieben. So früh war sie noch nie hier gewesen. Sie machte kein Licht, obwohl es stockdunkel war. Keiner sollte wissen, dass sie schon da war. Das würde nur unnötiges Gerede geben.

Langsam tastete sie sich durch den kleinen Flur, der nahtlos in den Anmeldebereich überging. Am Tresen angekommen, drehte sie sich nach rechts und ging in kleinen Schritten weiter, bis sie mit der Spitze ihres Schuhes an die Wand stieß. Sie fühlte die raue Oberfläche der Strukturtapete unter ihren Fingern und lief vorsichtig weiter, bis sie zur Bürotür ihres Chefs kam. Sie öffnete sie leise und schlüpfte in das Zimmer. Weil hier dunkle Vorhänge die Fenster verschlossen, traute sie sich, die Schreibtischlampe anzuknipsen.

Unordentlich wie immer stand der Schreibtisch vor ihr. Behutsam, wie um die Unordnung nicht zu zerstören, nahm sie einen Stapel wirrer Blätter Papier, die mit der unleserlichen Handschrift des Arztes versehen waren, und legte ihn zur Seite. Darunter kam zum Vorschein, wonach sie gesucht hatte. Sein Tischkalender. Hier trug er alle für ihn bedeutsamen Termine ein. Geburtstage, Verabredungen, wichtige Fußballspiele, seine Notdienstzeiten, etc.

Charlotte griff in ihre Hosentasche und holte einen Zettel heraus. Es war die Liste mit den im letzten halben Jahr verstorbenen Patienten, die sie vor einigen Tagen für Oma Lene zusammengestellt hatte.

Dabei hatte sie neben den Namen, Geburtsdaten und Adressen auch die Sterbedaten notiert.

Marianne Busboom. Gestorben in der Nacht vom 27. auf den 28. September.

Sie blätterte den Kalender zurück bis zu diesem Datum. Kein Eintrag.

Janette Heydfeld. Gestorben in der Nacht vom 9. auf den 10. September.

Wieder der Blick in den Kalender. Was stand da? Charlotte hielt sich den Eintrag direkt vor die Augen. »Bowling mit den Jungs um 20 Uhr«, las sie daraus.

War das ein Alibi? Eigentlich nicht. Denn selbst wenn er und die ›Jungs‹ bis elf gespielt hatten, war es dennoch möglich, dass Dr. Bob anschließend noch zu Frau Heydfeld gefahren war und sie ermordet hatte. Also weiter.

Lieselotte Wischmeyer. Gestorben in der Nacht vom 15. auf den 16. August.

Charlotte hatte große Mühe, mit ihren klammen Fingern die störrischen Seiten umzublättern.

Da, die richtige Woche. Sie las das Gekritzel, das unter dem Datum für diesen Tag stand, und eine Welle der Erleichterung erfasste sie.

Ihr Chef, Dr. Enno Klaaßen, hatte die Morde nicht begangen. Er hatte ein 1a-Alibi.

*

Helene legte gerade einen Stapel frisch gewaschener Handtücher in den Schrank, als es an der Tür klingelte. Sie sah auf die Uhr. Viertel vor zwölf. Viel zu früh für den Heimkostmann. Aber wer konnte es sonst sein, um diese Zeit?

»Einen wunderschönen Tag wünsche ich Ihnen, Frau …« Der Mann an der Haustür schielte verstohlen auf ihr Klingelschild. »… Frau Hövelmann.«

Auch das noch, dachte Helene entsetzt. Ein Klinkenputzer – ausgerechnet heute, ausgerechnet jetzt.

Zumindest wirkte er auf den ersten Blick halbwegs sympathisch. Sofort fiel ihr seine verblüffende Ähnlichkeit mit Heinz Erhardt auf. Die überkämmte Glatze, die Brille und der füllige Oberkörper. Zudem trug er einen ordentlich sitzenden, dunkelgrauen Anzug und erschien auch sonst sehr gepflegt.

»Darf ich mich vorstellen …«

Wenn es unbedingt sein muss, dachte Helene und seufzte leise.

»… mein Name ist Friedhelm Lindemann.« Er schlug die Hacken, die in blitzblank polierten schwarzen Schuhen steckten, mit einem Knall zusammen und verbeugte sich knapp. »Ich komme im Auftrag der Firma *Ruppert & Söhne*, um Ihnen die Weltneuheit auf dem Staubsauger-Markt zu präsentieren.«

Helene hatte eigentlich weder die Zeit noch die Lust, sich über Weltneuheiten – welcher Art auch immer – informieren zu lassen.

»Ich bin mit meinem Staubsauger völlig zufrieden«, sagte sie deshalb etwas mürrisch.

»Ja, ja, meine Liebe. Das sagen sie alle. Aber wenn Sie erst einmal sehen, welch atemberaubende Möglichkeiten der neue *Desmodus VFM 2000* für Sie bereithält …«

»Atemberaubend, wie?« Spöttisch kreuzte sie die Arme vor der Brust.

»Lassen Sie mich nur kurz eintreten, um Ihnen die

sensationellen Fähigkeiten dieses extravaganten Modells zu demonstrieren.« Er hatte schon seinen Fuß gehoben, um einzutreten, doch Helene versperrte ihm den Weg.

»Hören Sie, ich habe wirklich kein Interesse.«

»Aber wenn Sie wüssten, wie viel sauberer Ihre Wohnung sein könnte ... Was meinen Sie, wie das Ihrem Mann gefallen würde. Oder leben Sie etwa allein?«

»Keineswegs! Und wenn Sie andeuten wollen, mein Haus wäre ein Dreckloch ...« Helene war empört und schnaubte verächtlich. Hatte sie ihn wirklich erst Minuten zuvor noch für sympathisch gehalten? Wie gern hätte sie ihm jetzt die Tür einfach vor der Nase zugeschlagen. Doch er hatte sie mit seiner aufdringlichen Art und seiner massigen Statur schon so weit in den Flur zurückgedrängt, dass er mit beiden Füßen mitten auf der Schwelle stand.

»Nein, nein, so war das natürlich nicht gemeint«, sagte er, um Wiedergutmachung bemüht, rührte sich dabei aber nicht von der Stelle. »Es dauert wirklich nur einen Augenblick. Sie werden begeistert sein, glauben Sie mir. Vielleicht möchten Sie Ihren Mann dazuholen – für die interessanten technischen Eigenschaften des Gerätes?«

»Mein Mann ... hat zu tun«, log Helene. »Und ich eigentlich auch.«

Herr Lindemann überhörte ihren Einwand, bückte sich stattdessen kurz nach außen um die Hausecke und stellte mit gespielter Leichtigkeit den von ihm hochgelobten Staubsauger in den Flur.

»Das ist er, der *Desmodus VFM 2000.* Leicht, Platz sparend, einfach zu bedienen und zu verstauen.«

Argwöhnisch begutachtete Helene das kompakte Gerät. Es war wirklich viel kleiner als ihr eigenes.

Herr Lindemann nahm währenddessen das Saugrohr aus der Halterung und drehte den daran befindlichen Fuß nach oben.

»Sehen Sie hier, die extra langen Borsten für die spezielle Pflege von Parkettböden. Sie haben doch sicherlich Parkett im Wohnzimmer, nicht wahr?«

Helene nickte.

»Und Haustiere? Es gibt nämlich noch einen extra Aufsatz zur leichteren Entfernung von Tierhaaren.«

»Nein, keine Haustiere«, erwiderte sie knapp.

Herr Lindemann stand mittlerweile gut einen Meter weit in ihrem Flur. Wie hatte er das gemacht? Ein Gefühl von Bedrohung beschlich sie.

»Und hier sehen Sie den besonderen Filter des Gerätes.« Er öffnete die obere Abdeckklappe und zeigte auf die entsprechende Stelle. »Selbst mikroskopisch kleine Partikel werden zurückgehalten, ebenso Bakterien und Schimmel. Die Abluft, die der *Desmodus VFM 2000* ausstößt, ist so sauber – wenn Sie mehrmals am Tag staubsaugen, haben Sie hier fast schon OP-Milieu – so gut wie beinahe steril.« Er lachte laut über seinen eigenen Witz, den er sicherlich allein heute schon fünfmal erzählt hatte.

Helene überlegte angestrengt, wie sie ihn nur möglichst schnell wieder loswerden könnte, als Herr Lindemann plötzlich eine ruckartige Bewegung nach vorn machte. Erschrocken wich sie einen Schritt zurück und begriff erst, was geschehen war, als sie den großen, dunklen Fleck auf ihrem cremefarbenen Läufer sah – und in der Hand des Vertreters ein altes, schmutziges Schraubglas.

»Sind Sie verrückt?«, schrie sie aufgebracht.

»Es tut mir leid. Aber nur so kann ich Ihnen die tief greifenden Fähigkeiten des Gerätes in punkto gründliche Schmutzbeseitigung demonstrieren. Sie werden erstaunt sein.«

»Nein«, giftete Helene ihn an, »*Sie* werden erstaunt sein, wie schnell ich Sie jetzt rausschmeißen werde.«

»Das würde ich an Ihrer Stelle nicht tun. Denn diesen Fleck werden Sie mit Ihrem eigenen Staubsauger niemals wegbekommen.« Das selbstgefällige Grinsen auf seinem Gesicht brachte Helene völlig aus der Fassung.

»Das ist ja eine bodenlose Unverschämtheit!« Sie bückte sich, um besser sehen zu können, was genau er ihr da auf den Teppich gekippt hatte. Eine undefinierbare Mischung aus verschiedenen Abfällen. In erster Linie roch sie kalte Asche und feuchte, moddrige Blumenerde.

Grimmig stemmte sie ihre Hände in die Hüften.

»Also gut. Sie haben den Dreck gemacht und Sie machen ihn auch wieder weg.«

»Mit dem größten Vergnügen. Wo ist die Steckdose?«

Stumm zeigte sie auf eine Stelle neben der Garderobe.

»Na dann los.« Übereifrig zog Herr Lindemann den Netzstecker aus dem Staubsauger, steckte ihn in die Steckdose und schaltete das Gerät ein. Schon nach wenigen Sekunden war der gröbste Schmutz beseitigt, doch in der Mitte des hellen Läufers zeigte sich noch immer ein dunkler Fleck.

Skeptisch beobachtete Helene seine Arbeit. Wehe, dachte sie verärgert, wehe, mein Teppich wird nicht wieder sauber, dann …

Herr Lindemann schaltete das Gerät aus, kniete sich hin und fuhr mit der Hand über die noch immer schmutzige Stelle. Plötzlich hatte er wieder ein Schraubglas in der Hand, diesmal gefüllt mit einem weißlichen Pulver. Er öffnete das Glas, streute das Pulver auf den Teppich und rieb es mit der flachen Hand tief in die Fasern des Gewebes.

»Das ist ein spezielles Reinigungspulver, das Sie heute zu einem absolut günstigen Sonderpreis zum Gerät dazu erwerben können. Es reinigt sozusagen porentief. Nur gut einarbeiten, einen Augenblick einwirken lassen und dann einfach nur noch absaugen – fertig.«

Am liebsten hätte Helene ihn gepackt und mitsamt seinem *Desmodus* in hohem Bogen rausgeworfen. Doch er malträtierte bereits wieder ihren Läufer mit seinem Spitzengerät. Er wirbelte herum und bearbeitete den Fleck von allen Seiten. Dabei zog er den Staubsauger unachtsam hinter sich her, so dass dieser Helenes Echtholzgarderobe gefährlich nahe kam. Schützend stellte sie sich zwischen den Schuhschrank und das Ungetüm, als ihr unvermittelt der Abluftstrom ins Gesicht blies. Der penetrante Geruch nach künstlicher Tanne trieb ihr sämtliche Farbe aus dem Gesicht.

Eine knappe Minute später hatte Herr Lindemann ihr Haus bereits verlassen.

Mit noch immer zitternden Fingern befestigte Helene gerade den Verband, den sie sich um den linken Arm gewickelt hatte, mit der zweiten Verbandklammer, als es wieder an der Tür klingelte.

Sie schaute auf die Uhr. Zwanzig nach eins. Diesmal konnte es nur der Heimkostmann sein. Hoffentlich.

Sie atmete noch einmal tief durch und öffnete die Tür. Vor ihr stand ein schmächtiger junger Mann von Anfang zwanzig mit wirren hellblonden Haaren und einem blassen, länglichen Gesicht.

»*Leeraner Heimkost* – Ihr bestelltes Essen, Frau Hövelmann«, begrüßte er sie mit einem breiten Lächeln. Er hielt ihr ein Tablett mit mehreren kleinen Plastikschalen entgegen, die alle mit Alufolie abgedeckt waren.

»Kommen Sie doch herein.« Sie machte ihm Platz und ließ ihn eintreten. Sie sah, wie er das Gesicht verzog, als er den durchdringenden Geruch im Flur bemerkte.

»Ah, Sie wurden also auch schon vom ominösen Staubsauger-Mann heimgesucht.«

»Ja, heute. Wieso ›auch‹?«

»Ach, der treibt sein Unwesen doch schon seit längerem im ganzen Stadtgebiet. Besonders auf alleinstehende Damen hat er es abgesehen.«

Helene lief ein kalter Schauer über den Rücken.

»Einigen meiner Mädels – äh, 'tschuldigung – meiner Kundinnen hat er ganz übel mitgespielt. Hat ihnen einfach 'ne Ladung Dreck in den Flur gekippt und dann versucht, das Ganze mit diesem Stinkezeug wieder sauber zu kriegen. Mann, waren die sauer!«

»Wissen Sie, bei wem er schon gewesen ist?«

Er zählte einige Namen auf, aber Janette Heydfeld war nicht dabei. Helene bemerkte, wie er sich nach einem geeigneten Platz für das Tablett umsah.

»Sie könnten mir mein Mittagessen auf den Küchentisch stellen. Die Tür geradeaus.«

Er ging in die Küche und setzte das Essen wie gewünscht dort ab.

»Ich bin zurzeit etwas gehandicapt, wissen Sie.« Helene hielt ihm den bandagierten Arm entgegen.

»Kein Problem. Also dann, guten Appetit.«

Er war schon auf halbem Weg zur Tür hinaus, als Helene hinter ihm herrief. »Sie haben mir noch nicht einmal gesagt, wie Sie heißen.«

Erstaunt sah er sie an. »Dachte nicht, dass Sie das interessiert.« Er gab ihr förmlich die Hand und verbeugte sich tief. »Sie können mich Farin nennen.«

»Wie?«

»Na, Farin. Wie Farin Urlaub. Das ist mein Spitzname.« Weil Helene immer noch nicht verstand, fügte er hinzu: »Farin Urlaub ist ein Mitglied von *Die Ärzte*«. Er zeigte auf das abgewetzte T-Shirt, das er trug. *Die Ärzte – Die beste Band der Welt,* las Helene. Daneben war ein weibliches Skelett in einem schwarzen, engen Lederkleid und Stiefeln aufgedruckt. Sie war geknebelt und ihre Arme waren auf dem Rücken gefesselt. Helene betrachtete sie schaudernd fasziniert.

»Und weil ich ihm ziemlich ähnlich sehe, nennen mich meine Kumpels eben so. Das sagt Ihnen doch was, oder – *Die Ärzte*?« Erwartungsvoll sah er sie an.

Helene schüttelte entschuldigend den Kopf.

»Kommen Sie! Sie machen doch noch einen ganz flotten Eindruck. Nicht so verkalkt und spießermäßig wie die anderen.«

»Tut mir leid, aber …«

»Warten Sie, ich singe Ihnen mal was tierisch Bekanntes von denen vor.«

Er räusperte sich und fing an zu singen.

»Eines Tages werd ich mich rächen, ich werd die Herzen aller Mädchen brechen …«

Als er merkte, dass sie nicht darauf reagierte, stimmte er gleich das nächste Lied an.

»Oh, ich hab solche Sehnsucht, ich verlier den Verstand, ich will wieder an die Nordsee, ich will zurück nach …« Er brach ab und forderte sie mit einer Geste auf, den Satz zu beenden.

»*Westerland*?«, sagte sie vorsichtig.

»Ja, super, Mann! Also kennen Sie sie doch.«

Sie hatte den Eindruck, er hätte sie am liebsten umarmt. Stattdessen klopfte er ihr anerkennend auf die Schulter. »Hab doch gewusst, dass Sie noch ganz gut drauf sind.«

Irgendwie verspürte Helene so etwas wie Stolz bei seinen Worten. Jetzt zahlte sich also aus, dass sie im Radio lieber *NDR2* hörte, als den von ihrer Generation eigentlich bevorzugten Sender mit der 1.

»Wenn Sie Ihr Essen jetzt öfter bei uns bestellen, kann ich Ihnen ja mal 'ne Best-of-CD zusammenbrennen.«

»Ja, vielleicht«, sagte sie ausweichend. »Sagen Sie, Farin, wie lange arbeiten Sie eigentlich schon für die *Heimkost*?« Schließlich hatte sie noch einen Auftrag zu erfüllen.

»Och, schon 'ne ganze Ecke. Also, bestimmt schon über 'n Jahr. War echt supernett von Herrn Koets, mich zu nehmen. Hab da 'ne ziemlich unschöne Vergangenheit vorzuweisen, wissen Sie. Und er hat mich trotzdem genommen. Hätte sonst keiner gemacht. Aber der Mann hat 'n Herz. Jetzt hab ich 'nen richtigen Job und kann mir 'n bisschen was verdienen. Und nebenbei konzentrier ich mich auf meine musikalische Karriere. Hab nämlich mit 'n paar Kumpels selber auch 'ne Band. 'ne Punkband. *Leckage*. Schon mal gehört?«

Helene zuckte mit den Schultern.

»Na, macht nichts. Wir spielen übrigens am Samstag im JuZ – im Jugendzentrum an der Friesenstraße«, fügte er erklärend hinzu. »Also, wenn Sie Lust haben?« Er grinste sie an. »Ich könnte Ihnen sogar Backstage-Karten besorgen.« Sein Grinsen wurde noch breiter.

»Vielen Dank für die Einladung, aber … Fahren Sie eigentlich schon immer im Bereich Loga?«

»Ja, von Anfang an. Mittlerweile haben mich die alten Leute hier schon richtig ins Herz geschlossen. Besonders die süßen Omis.« Er zwinkerte ihr zu.

Ein wirklich charmanter Bengel, dachte Helene – trotz seines verschludert wirkenden Äußeren. Sein jungenhaftes Lächeln war so herzlich und einnehmend – doch was bedeutete wohl ›ziemlich unschöne Vergangenheit‹?

»So, jetzt muss ich aber los. Außerdem wird sonst ja auch Ihr Essen kalt. Und falls Sie es sich noch anders überlegen wegen Samstag, fragen Sie einfach an der Abendkasse nach Farin.«

Er öffnete die Haustür und ging hinaus zu seinem Lieferwagen.

»Vielen Dank für das Essen«, rief Helene ihm noch hinterher, bevor er einstieg. »Und viel Erfolg am Samstag.«

Er winkte ihr überschwänglich zu, als er rückwärts die Auffahrt hinauffuhr. Dann bog er auf die Straße, hupte noch einmal kurz zum Abschied und war verschwunden.

Helene und Charlotte saßen in der Küche bei einer Tasse Tee.

»Und dann hast du ihn einfach rausgeschmissen?«

»Es war schon ein Fehler, ihn überhaupt reinzulassen. Aber ohne dass ich es richtig mitbekommen habe, stand er schon im Flur und erzählte mir von seinem atemberaubenden Gerät.«

Über Charlottes Gesicht zog sich ein breites Grinsen.

»Er hat mir also seinen *Staubsauger*«, Helene betonte

das Wort, um Charlotte von ihren schmutzigen Gedanken abzubringen, »vorgeführt und ich war in dem Moment schon kurz davor zu explodieren. Aber als es dann plötzlich nach Tanne roch, habe ich völlig die Beherrschung verloren. Ich habe ihn so furchtbar angeschrien, dass er vorsichtshalber freiwillig das Feld geräumt hat.«

»Jetzt wissen wir wenigstens, woher der Geruch bei Lieselotte und Frau Busboom kam. Ob er wohl auch bei Frau Heydfeld war?«

»Keine Ahnung. Der Heimkostmann hat sie jedenfalls nicht erwähnt.«

»Du könntest doch Rita Elsen danach fragen.«

Schlagartig stellte sich bei Helene wieder das schlechte Gewissen ein. »Eher friert die Hölle zu!«

»Vielleicht fällt uns ja noch ein anderer Weg ein, um das herauszubekommen.«

»Verdächtig ist der Kerl auf jeden Fall. Schließlich ist er in der Lage, sich Zutritt zu den Wohnungen seiner Kunden, beziehungsweise Kundinnen, zu verschaffen und er hat dabei auch die Möglichkeit herauszufinden, ob sie alleine wohnen. Bei mir hat er es ja auch versucht und mehrfach nach meinem Mann gefragt.«

Charlotte nahm sich einen Keks und tunkte ihn in ihren Tee. »Und was ist mit dem anderen? Dem Heimkostmann?«

»Ach, ich weiß es einfach nicht.« Helene seufzte. »Wer kann schon einschätzen, wie ein Mensch in Wahrheit tickt. Aber irgendwie kann ich nicht glauben, dass er es war. Allerdings kann ich mir sowieso überhaupt nicht vorstellen, dass jemand zu etwas so Schrecklichem in der Lage ist. Dein Opa hatte da ein wesentlich besseres Gespür ...« Helene wiegte unentschlossen den Kopf hin und her. »Ich fand den Jungen wirklich auf Anhieb sympathisch, obwohl er ziemlich verlottert aussah. Und dann dieses T-Shirt mit dem Skelett!« Helene lächelte bei dem Gedanken daran.

»Ein Skelett? Auf seinem T-Shirt?«, fragte Charlotte interessiert.

»Das war ein Fan-Shirt von der Band … warte … *Die Ärzte*. Und weil er anscheinend so viel Ähnlichkeit mit dem Sänger hat, nennen seine Freunde ihn Farin.«

Charlotte setzte sich in ihrem Sessel auf. »Farin? Der aus der Punk-Band *Leckage*?«

Helene nickte.

»Meine Freundin Inga findet den total toll. Die spielen doch am Samstag im JuZ. Und *der* fährt für die *Leeraner Heimkost*? Das ist ja 'n Ding. Wenn ich ihr das erzähle …«

»Wahrscheinlich hat die *Heimkost* dann demnächst eine Kundin mehr zu versorgen.«

Helene stand auf und schenkte Charlotte und sich Tee nach. »Und was wolltest du mir von deinem Chef erzählen?«

»Dr. Bob kann es zum Glück nicht gewesen sein. Er hat ein Alibi für die Nacht, in der Lieselotte ermordet wurde. An dem Donnerstag ist nämlich seine Mutter achtzig geworden. Ich habe heimlich seinen Kalender inspiziert und den Eintrag gesehen. Und dann konnte ich mich auch wieder daran erinnern. Er und seine Frau sind damals gleich nach der Arbeit losgefahren – seine Mutter wohnt nämlich in Wilhelmshaven – und haben mit ihr zusammen gefeiert. Weil es dabei wohl ziemlich spät geworden ist, haben die beiden sich dann kurzerhand entschlossen, dort zu übernachten und sind erst am nächsten Morgen nach Leer zurückgefahren. Also hatte er gar keine Möglichkeit, Lieselotte etwas anzutun. Geschweige denn einen Grund.« Charlotte nahm ihre Tasse und nippte vorsichtig an dem heißen Tee.

»Damit sind also alle unsere Verdächtigen wahrscheinlich unschuldig?«

»Na, zumindest Dr. Bob – worüber ich wirklich froh bin. Weißt du wie schrecklich das ist, wenn du denkst, dein Chef ist ein Frauenmörder?! Ich war den ganzen

Tag so was von konfus – das hat mich fast wahnsinnig gemacht. Ständig habe ich mir eingebildet, dass er weiß, dass ich es weiß. Und jetzt bringt er mich auch um, habe ich gedacht. Und dann noch die Sache mit dem Spiegel … Da war's vorbei mit meinen Nerven.«

»Es tut mir leid. Das war allein meine Schuld.«

»Ist schon okay. Jetzt ist ja offensichtlich, dass er es nicht war. Und was machen wir jetzt?«

Helene rieb sich mit den Händen durch das Gesicht. »Ich habe keine Ahnung«, sagte sie müde.

»Wollen wir nicht doch lieber zur Polizei gehen?«

»Das Problem ist nur, dass wir im Grunde keinen Schritt weiter sind als vorher. Wir machen uns lächerlich, glaub mir.«

»Aber Oma, hast du schon mal daran gedacht, dass wir mit einem Menschenleben spielen, wenn wir nicht zur Polizei gehen? Der Mord an Marianne Busboom ist jetzt zweieinhalb Wochen her. Schon heute Nacht könnte der Mörder wieder zuschlagen. Oder morgen oder übermorgen. Aber je länger wir warten, desto größer ist die Wahrscheinlichkeit, dass es passiert.«

Helene sah den flehenden Blick ihrer Enkeltochter. Doch sie konnte sich nicht dazu durchringen, die Polizei einzuweihen – auch wenn sie dem Mädchen recht geben musste. »Lotte, sie werden uns auslachen.«

»Mensch, Oma! Du kannst so stur sein! Ich will nicht mitschuldig sein, wenn noch jemand stirbt. Damit könnte ich nicht leben!« Wütend blitzte sie Helene an. »Und du? Wie ist es mit dir? Könntest du damit leben?«

»Himmel, nein! Das könnte ich nicht!«, schrie Helene aufgebracht. »Und das weißt du ganz genau!«

Sie fuhr vom Sofa hoch und lief unruhig im Wohnzimmer auf und ab. Der Kampf, den sie in ihrem Inneren ausfocht, bereitete ihr Kopfschmerzen. Nach minutenlangem Schweigen gab sie schließlich nach. »Also gut, ich mach's. Ich gehe morgen zur Polizei.«

»Ehrlich?« Charlottes Stimme klang skeptisch.

»Ja, ehrlich. Meine Güte, du kannst aber auch hartnäckig sein.« Helene schaffte es immerhin, sich ein halbherziges Lächeln abzuringen.

»Liegt wohl in der Familie.«

Helene erwiderte den Kommentar mit einem abfällig klingenden Grunzlaut. »Apropos Familie. Hast du eigentlich irgendjemandem von unseren Entdeckungen erzählt? Deinen Eltern vielleicht?«

»Ich war einmal ganz kurz davor, es Papa zu erzählen. Er hat mich gefragt, wie du mit dem Tod von Lieselotte fertig wirst und da habe ich mich fast verplappert. Ist gerade noch mal gut gegangen.«

»Und deiner Mutter?«

»Mutti, machst du Witze? Die würde wahrscheinlich einen hysterischen Anfall kriegen oder mich zum Psychiater schleppen. Bloß nicht. Und auch sonst habe ich mit niemandem darüber gesprochen. Du doch auch nicht, oder?«

Helene schüttete den Kopf.

»Noch nicht, zumindest«, sagte Charlotte. »Weil du ja morgen zur Polizei gehst und es ihnen erzählen wirst, nicht wahr?«

»Ja, ja ...« Helene verdrehte die Augen und ließ sich stöhnend zurück auf das Sofa sinken.

Manchmal war sie froh, nur eine Enkeltochter zu haben.

Kapitel 5

Mittwoch, 17. Oktober

Helene saß in ihrem Auto. Sie hielt den Türgriff mit der linken Hand umschlossen, doch sie zögerte. Immer noch. Schon seit Minuten. Die Scheiben fingen bereits an zu beschlagen.

Sie hatte das den ganzen Morgen schon getan – gezögert. Sie hatte sich beim Aufstehen Zeit gelassen, beim Frühstück getrödelt, die Zeitung sorgfältig zweimal von vorne bis hinten durchgelesen – nur um das Unvermeidliche hinauszuschieben.

Erst um zwölf Uhr war sie dann mit äußerstem Widerwillen losgefahren. Aber nur, weil die Praxis von Dr. Klaaßen, wie fast alle Arztpraxen in Leer, am Mittwochnachmittag keine Sprechstunde hatte und Charlotte deshalb um ein Uhr frei haben würde. Ansonsten hätte sie sicherlich noch bis zum späten Nachmittag gewartet.

Allerdings wollte sie Charlotte auch nicht die Möglichkeit geben zu behaupten, sie hätte ihr Wort nicht gehalten. Also war Helene notgedrungen in ihren Golf gestiegen und hatte sich auf den Weg gemacht.

Nun war es fast halb eins und sie saß immer noch in ihrem Auto – auf einem der Parkplätze vor der Polizeiinspektion Leer in der Georgstraße.

Unschlüssig sah sie zum Eingangsbereich des fünfstöckigen Gebäudes hinüber. Sollte sie wirklich hineingehen – oder nicht? Sollte sie den Beamten von ihren Entdeckungen erzählen – oder nicht?

Einerseits fühlte sie sich verpflichtet, die Polizei in Kenntnis zu setzten, schließlich hatte sie es Charlotte versprochen. Andererseits hatte sie das starke innere Bedürfnis, einfach wieder nach Hause zu fahren.

Immer wieder, die ganze vergangene Nacht hindurch, hatte sie darüber nachgedacht, wie sie das Gespräch auf der Wache beginnen sollte. Wie sie sagen könnte, was sie zu sagen hatte. Und immer wieder hatte sie vor sich das Gesicht des ihr gegenübersitzenden Beamten gesehen, dessen Miene nur Argwohn und Skepsis ausgestrahlt hatte. Oder noch schlimmer: Mitleid – für eine arme Irre.

Erneut sah sie hinüber zur Eingangstür und seufzte frustriert. Warum hatte sie nur nachgegeben und sich dieses Versprechen abringen lassen?

Ihr Blick fiel auf die Plastiktüte, die neben ihr auf dem Beifahrersitz lag. Sie enthielt die beiden Märchenbücher – das einzig Fassbare, das sie zu bieten hatte. Nicht besonders viel. Genau genommen so gut wie gar nichts.

Sie legte ihre Hände auf das Lenkrad und stützte ihre Stirn darauf. Was sollte sie nur tun?

Sie musste hineingehen. Sie hatte es versprochen.

»Ach, Ernst«, flüsterte sie leise vor sich hin, »wenn du noch leben würdest, wäre das alles kein Problem.«

Sie griff nach der Tüte und öffnete die Autotür, als ihr plötzlich ein Gedanke durch den Kopf schoss. Schnell legte sie die Bücher zurück, schloss mit Schwung die Tür und startete den Motor. Es dauerte einige Zeit, bis das Gebläse es schaffte, die mittlerweile komplett angelaufenen Scheiben wieder frei zu bekommen.

Nervös griff Helenes Hand auf der Suche nach dem Gurt ein paar Mal ins Leere. Als sie sich angeschnallt hatte, setzte sie den Blinker und verließ erleichtert den Parkplatz. Sie sah eine Möglichkeit, ihr Versprechen einzulösen, ohne das Gebäude der Polizeiinspektion betreten zu müssen. Und dieser Eingebung folgend machte sie sich auf in Richtung Julianenpark.

Seit ihrer zufälligen Begegnung auf dem Gallimarkt vor ein paar Tagen hatte Helene Richard noch nicht wiedergesehen, doch sie hatte heimlich einige Erkundigungen über ihn eingeholt. Sie wusste nun, wo er wohnte und dass er allein dort lebte. Er und seine Frau hatten sich angeblich schon vor geraumer Zeit scheiden lassen.

Helene fuhr durch den Kreisel am Bahnhof in die Friesenstraße und bog dann sofort nach rechts in die Bremer Straße. Und schon während sie vor den geschlossenen Bahnschranken auf den vorbeifahrenden Zug wartete, spürte sie, wie die anfängliche Euphorie langsam zu schwinden begann.

Die Schranken öffneten sich und sie setzte ihren Weg fort, überquerte die Spierkreuzung und folgte der Logaer Hauptstraße, um dann nach links in die Friedhofstraße abzubiegen. Die Euphorie war nun gänzlich verflogen und wurde ersetzt durch ein Gefühl wachsender Beklommenheit. Noch einmal setzte sie den Blinker links und fuhr in die Straße Am Julianenpark.

Als sie Richards Haus erreichte, parkte sie ihren Wagen nicht auf der Auffahrt, sondern auf dem schmalen Grünstreifen vor der hüfthohen Hainbuchenhecke, die das ganze Grundstück umschloss. Nervös schaute Helene zum Haus hinüber.

Im Grunde war es ebenfalls eines dieser typischen Sechziger-Jahre-Einfamilienhäuser. Doch hier hatte jemand vor nicht allzu langer Zeit Hand an die alten Mauern gelegt – oder wahrscheinlich wohl eher nur Hand anlegen lassen, wenn sie sich Richards katastrophale handwerkliche Fähigkeiten in Erinnerung rief – und erst mal gründlich renoviert.

Die ehemals charakteristischen weißen Fensterrahmen waren durch dunkelgrüne ersetzt worden. Das Mauerwerk schien gesäubert worden zu sein und das Dach war neu gedeckt. Einzig der Garten wirkte etwas vernachlässigt.

Helene wandte den Blick ab und umschloss mit festem Griff das Lenkrad. Je länger sie wartete, desto größer wurde ihre Unschlüssigkeit.

Was würde Richard denken, wenn sie plötzlich vor

seiner Tür stand? Zudem mit einer solchen Geschichte? Würde er sie für verrückt halten? Für hysterisch? Für einsam? Würde er vielleicht denken, sie suche nur nach Aufmerksamkeit? Seiner Aufmerksamkeit?

Nein – sie durfte nicht schon wieder versuchen, sich die Sache auszureden. Sie hatte Charlotte ihr Wort gegeben und damit basta. Auch wenn sie die Grenzen von »Ich gehe zur Polizei und erzähle ihnen alles« zweifellos schon ziemlich weit gefasst hatte. Schließlich war Richard seit Jahren nicht mehr im Dienst und davon einmal abgesehen, gehörte der Kreis Leer schon seit Ewigkeiten nicht mehr zu seinem Tätigkeitsfeld. Letztendlich konnte sie ja auch immer noch zurück in die Georgstraße fahren, um mit einem »richtigen« Beamten zu sprechen – falls Richard das für sinnvoll oder sogar notwendig halten würde. Sie wollte doch nur seinen Rat.

Helene drängte alle weiteren Bedenken zur Seite, stieg aus und lief geradewegs auf die Haustür zu. Entschlossen drückte sie auf den Klingelknopf und wartete. Nichts rührte sich. Sie lugte durch eine der Butzenscheiben in den Flur. Niemand zu sehen. Sie klingelte erneut. Wieder nichts. Sie schaute auf die Uhr. Fünf vor eins. In fünf Minuten hatte Charlotte Feierabend und würde ungeduldig auf den Bericht ihrer Oma warten. Leider gab es bis jetzt noch absolut nichts zu berichten.

Nachdem auch der dritte, sehr ausgiebige Klingelversuch keinen Erfolg gebracht hatte, schlich Helene vorsichtig einmal um das Haus herum. Dabei spähte sie in jedes Zimmer – nur um feststellen zu müssen, dass wirklich niemand zu Hause war.

Ratlos und zu ihrem eigenen Erstaunen auch irgendwie enttäuscht ging sie zum Auto zurück. Sie hatte die Tür schon geöffnet, als sie einen schwarzen BMW die Straße entlangkommen sah. Sie hielt einen Moment lang inne und versuchte, die Person am Steuer zu erkennen. Zuerst sah sie leuchtend silberweißes Haar durch die

Windschutzscheibe, dann die Lichthupe aufleuchten. Es war Richard.

»Mensch, Hettie! Das ist ja eine Überraschung!« An seiner Stimme hörte sie, wie verwundert er über ihren unangemeldeten Besuch war. »Warum bist du …? Was tust du …? Ich meine …« Verlegen lächelte er sie an. »Schön, dich zu sehen. Komm doch herein.« Er schloss die Haustür auf und ließ sie eintreten.

Der Flur wirkte trotz der weiß gestrichenen Wände trist und dunkel, da durch die kleinen Butzenscheiben der Eingangstür nur wenig von dem trüben Tageslicht eindrang.

Er nahm ihr Mantel und Schal ab und führte sie ins Wohnzimmer. »Setz dich doch. Ich hole nur noch kurz mein Mittagessen aus dem Wagen.«

Er ging hinaus und Helene setzte sich auf das große Ledersofa, froh darüber, einen Augenblick allein zu sein. Sie fühlte sich sehr unwohl. Die Situation erschien ihr plötzlich unglaublich peinlich. Am besten, sie würde sofort wieder gehen. Sie stand auf und eilte zur Tür. Doch noch ehe sie sie erreicht hatte, dröhnten mit einem Mal die Schläge der großen Standuhr wie ein Mahnruf von der anderen Zimmerseite zu ihr herüber. Viertel nach eins.

Sie stellte sich vor, wie Charlotte wahrscheinlich schon versuchen würde, sie zu erreichen. Entweder per Telefon oder wartend vor ihrer Haustür.

Du musst das jetzt klären, Helene, sagte sie streng zu sich selbst. Rückzug ausgeschlossen. Setz dich hin und reiß dich zusammen.

Sie gehorchte und als Richard ins Wohnzimmer zurückkam, saß sie auf dem Sofa, als sei nichts geschehen.

»Ich war gerade beim Italiener, um mir etwas zu essen zu holen.« Er stellte das Tablett, das er in den Händen hielt, auf den Tisch und begann Teller, Besteck und Gläser vor Helene aufzubauen. »Es ist so viel, es reicht auf jeden Fall für zwei. Du isst doch mit, oder?« Und ohne ihre Antwort abzuwarten, lud er eine große Portion Bandnudeln in Käse-Sahne-Soße auf ihren Teller.

Helene hätte ablehnen wollen, doch der verführerische Pastageruch veranlasste ihren Magen, den beiden anwesenden Personen deutlich zu verstehen zu geben, dass er eine Zurückweisung nicht dulden würde. Beschämt fasste sich Helene an den Bauch. »Ja, gern.« Sie fühlte, wie sich große Hitze auf ihrem Gesicht ausbreitete. So, als hätte sie schon zu viel von dem Rotwein getrunken, den Richard ihr gerade einschenkte. Schnell senkte sie den Kopf, damit er es nicht bemerkte.

»Dann guten Appetit.«

»Danke, dir auch.«

Eine Weile aßen sie schweigend. Bis Richard die Stille mit einem Räuspern durchbrach und sie geradeheraus fragte: »Kann ich dir irgendwie helfen, Hettie? Es gibt doch sicherlich einen Grund für deinen Besuch.«

Sie blickte nicht von ihrem Teller auf. »Den gibt es tatsächlich.«

Sie hörte, dass er sein Besteck aus der Hand legte. »Dann schieß mal los.«

Immer noch waren ihre Augen starr auf ihre Nudeln gerichtet. »Es ist nicht so einfach, wie du denkst.«

»Dann erklär es mir – in aller Ruhe.« Er lehnte sich in seinem Sessel zurück und verschränkte die Arme vor der Brust. »Ich habe den ganzen Tag Zeit.«

Sie spürte, dass er sie unverwandt ansah. Ihr Herz begann schneller zu schlagen und ihre Finger verkrampften sich um Löffel und Gabel.

»Es ist eine lange Geschichte.« Warum nur konnte sie es ihm nicht einfach erzählen? Warum nicht mit der Geschichte herausrücken? Glaubte sie vielleicht selbst nicht mehr so richtig daran? Nicht mehr fest genug?

»Ich sagte ja, ich habe Zeit. Viel Zeit.«

Helene seufzte. Nein, es gab für sie keinen Zweifel.

Lieselotte war ermordet worden. Und Frau Heydfeld. Und Frau Busboom. Und sie hatten das Recht darauf, dass der Mörder gefasst und hinreichend bestraft wurde. Und wer, wenn nicht Helene, sollte dafür sorgen? Wer sollte für sie eintreten? Sie war es ihnen schuldig – ihnen allen dreien.

»Also gut, hör jetzt genau zu. Ich brauche deinen Rat – und vielleicht auch deine Hilfe.«

Als Helene erst einmal zu erzählen begonnen hatte, war es plötzlich ganz einfach.

Sie begann mit dem Anruf von Lieselottes Enkeltochter Christine und endete mit ihrer Unentschlossenheit vor dem Gebäude der Polizeiinspektion.

Richard hörte sich alles in Ruhe an. Nur dann und wann unterbrach er ihren Bericht mit einer Frage oder hakte bei einer unklaren Äußerung genauer nach.

»Und jetzt sitze ich hier und hoffe, du kannst mir sagen, was ich tun soll.« Hilflos sah Helene ihn an.

Richard gab nur ein lang gezogenes, brummiges »Hm« von sich. Dann erhob er sich nachdenklich aus seinem Sessel und stellte sich vor das große Terrassenfenster. Während er dort stand und in den Garten hinausschaute, schlug die Standuhr zweimal.

Helene wurde zusehends unruhiger. Ihre Hände waren schweißnass und die Käse-Sahne-Soße lag ihr schwer im Magen. Warum sagte er denn nichts, sondern stand nur stumm da und starrte aus dem Fenster? Weder seine Fragen, noch seine Reaktion verrieten, was er von der ganzen Geschichte hielt.

Schließlich hielt Helene es nicht mehr aus. »Und, was denkst du?«

»Hm«, kam die Antwort.

»Entschuldige, aber das sagtest du bereits. Ich hätte gern die etwas ausführlichere Version.«

»Hast du die Märchenbücher dabei?«

»Ja, sie liegen im Auto.«

»Ich würde sie mir gerne ansehen.«

Helene stand auf und holte die Tüte mit den beiden mageren Beweismitteln aus dem Wagen. »Da sind auch Einmalhandschuhe drin«, erklärte sie, als sie ihm die Tüte überreichte.

Nachdem Richard sich die Handschuhe übergestreift hatte, begutachtete er die beiden Bücher wortlos und legte sie dann behutsam in die Tüte zurück.

»Ich bin völlig deiner Meinung.« Richard setzte sich wieder in seinen Sessel und nippte an seinem Rotwein.

»Wie bitte?«

»Nun ja, ich denke, du hast recht mit deiner Vermutung, was die Morde angeht. Und vermutlich auch mit dem, was die Polizei darüber denken würde.«

»Aber du glaubst mir die Geschichte doch auch, oder? Dann werden es die Beamten vielleicht ebenfalls tun.«

»Du vergisst da allerdings eine entscheidende Kleinigkeit.«

Stirnrunzelnd sah Helene ihn an.

»Ich kenne dich – sehr gut sogar. Auch wenn wir uns lange nicht gesehen haben. Du hast dich überhaupt nicht verändert, Hettie. In all den Jahren nicht. Und ich weiß einfach, dass das, was du erzählst, die Wahrheit ist und du dir nicht irgendetwas ausgedacht hast. Aber ich fürchte, jemand, der dich nicht so gut kennt, könnte dich … nun ja … für verrückt halten.« Er lächelte schwach. »Das Ganze klingt schon ziemlich sonderbar. Höchstwahrscheinlich würden sie erst einmal Erkundigungen über dich einholen, bevor sie sich um die drei toten Damen kümmern. Abgesehen davon ist so eine Exhumierung natürlich auch eine ziemlich unschöne Sache für die Angehörigen. Bevor man dem zustimmt, wird erst einmal nach anderen Möglichkeiten gesucht. Aber gibt es bei der hiesigen Polizei denn nicht jemanden, den du persönlich kennst? Einen ehemaligen Kollegen von Ernst vielleicht? Der dir auch glauben würde?«

Helene überlegte. »Nein, leider nicht. Die Kollegen, mit denen Ernst enger befreundet war, sind in unserem Alter und mittlerweile auch im Ruhestand. Außerdem ...« Helene stockte und senkte bekümmert den Blick.

»Außerdem ...?«, hakte Richard nach.

Niedergeschlagen sah Helene ihn an. »Es gibt da noch ein anderes Problem. Als Ernst vor vier Jahren so plötzlich gestorben ist, hat mich das furchtbar mitgenommen. Ich bin an meiner Trauer und Einsamkeit fast zugrunde gegangen. Erst nach zwei Jahren intensiver psychologischer Betreuung habe ich es geschafft, wieder Fuß in meinem eigenen Leben zu fassen.«

»Hettie, ich hatte ja keine Ahnung«, stammelte Richard sichtlich erschüttert. »Es tut mir leid.« Er griff nach ihrer Hand und drückte sie sanft.

»Schon in Ordnung. Heute geht es mir ja wieder gut.« Helene entzog ihm eilig ihre Hand. Es fühlte sich seltsam an, ihn so nahe zu spüren. »Und was machen wir jetzt?«

Es dauerte einen Moment, bevor Richard antwortete. »Ehrlich gesagt, ich weiß es nicht. Ich muss das alles noch einmal in Ruhe durchdenken. Vielleicht könnten wir uns morgen Abend wieder treffen, um zu klären, wie es weitergehen soll.«

»Wenn du meinst ... Ich habe nur Angst, dass der Mörder in der Zwischenzeit wieder zuschlägt.«

»Aber schneller hätte die Polizei auch nichts unternehmen können.«

»Also gut. Und wo treffen wir uns?«

»Ich würde sagen, wieder hier. Es sei denn, du hast ein Problem damit.«

»Ich, nein. Wieso sollte ich?« Aber so ganz überzeugend klang das selbst für Helenes eigene Ohren nicht.

»Gut, dann also morgen hier.«

Sie verabschiedeten sich voneinander und Richard ließ sie zur Tür hinaus.

Es hatte zu regnen begonnen. Schnellen Schrittes lief

Helene zu ihrem Auto, während sie angestrengt darüber nachdachte, was sie Charlotte erzählen sollte.

*

Charlotte kauerte auf den Stufen vor Oma Lenes Haustür und ihre Gemütslage schwankte zwischen Sorge und Verärgerung. Schon dutzende Male hatte sie versucht, ihre Oma über ihr Handy zu erreichen. Allerdings ohne Erfolg.

Zu allem Überfluss hatte es vor ein paar Minuten auch noch zu regnen angefangen. Fröstelnd zog sie ihren Schal enger und steckte ihre Hände tief in die Jackentaschen.

Sie wartete nun schon seit einer Stunde. Das konnte doch nicht so lange dauern bei der Polizei, oder?

Endlich hörte sie, wie ein Wagen auf die Auffahrt fuhr. Oma Lene schaffte es nicht einmal den Gurt zu lösen – da stand Charlotte schon an der Fahrertür.

»Und?« fragte sie aufgeregt. »Warst du bei der Polizei? Was haben sie gesagt? Haben sie dir geglaubt? Was werden sie unternehmen? Warum hat es so lange gedauert?«

»Nun lass doch deine alte Oma erst mal aussteigen.«

»Von wegen ›alte Oma‹«, meinte Charlotte verächtlich.

Doch Oma Lene ließ sich nicht drängen. Erst als sie in der Küche vor einer Tasse Tee saßen, rückte sie nach und nach mit ihrem Bericht heraus. Für Charlottes Geschmack blieb sie dabei reichlich oberflächlich. Sie hatte das Gefühl, ihre Oma verheimlichte ihr etwas.

»Wie? Und das war alles?«

»Ja, ich habe alles erzählt, was ich wusste, habe dem Beamten die Märchenbücher gegeben und bin wieder gegangen.«

Enttäuscht verschränkte das Mädchen die Arme vor der Brust und zog einen Schmollmund. »Und sonst haben sie nichts gesagt? Schließlich läuft ein Mörder da draußen rum. Und ohne unsere – oder besser – deine Entdeckungen wüssten sie ja nicht mal was davon. Haben sie denn wenigstens erwähnt, was sie jetzt unternehmen wollen? Was haben sie vor?«

»Keine Ahnung, Lotte. Ich habe ihm nur gesagt, was ich weiß, und fertig.«

»Na toll. Jetzt wissen wir nicht mal, wie's weitergeht.«

»Du wolltest doch unbedingt, dass ich hingehe – erinnerst du dich. Du hattest Angst und wolltest nichts mehr damit zu tun haben.«

»Ist ja schon gut. Ich bin ja auch froh, dass wir uns nicht mehr darum kümmern müssen und nicht noch ein Leben – vielleicht sogar unser eigenes – dabei auf's Spiel setzen. Aber trotzdem hätte ich gern gewusst, wie die Polizei weiter vorgeht.«

»Das kannst du bestimmt irgendwann in der Zeitung lesen – wenn sie den Täter geschnappt haben.«

Charlotte fand diese Aussicht zwar nicht sonderlich zufriedenstellend, aber ihre Oma hatte recht. Sie hatte sie ja quasi zur Polizei gezwungen. Dann musste sie eben auch die Konsequenzen akzeptieren. Und im Grunde war sie wirklich erleichtert, diese Verantwortung los zu sein. Vielleicht war es das Beste, einfach nicht mehr daran zu denken und die Polizei ihre Arbeit machen zu lassen. Und weil sie auch gleich damit anfangen wollte, wechselte sie das Thema.

»Ach, Oma. Es gibt übrigens noch Neuigkeiten von der Männerfront.«

»Aha, dann leg mal los.«

»Gestern musste ich kurz vor der Mittagspause nach Esklum zu einem unserer Patienten fahren. Auf dem Rückweg stand ich dann vor der Ampel bei der Leda-Brücke auf der Linksabbiegespur, weil ich noch bei *Multi* einkaufen wollte. Im Radio lief *With or without you* von *U2* und ich habe mitgesungen. Zufällig sehe ich dann im Auto neben mir einen hübschen Kerl sitzen, der wohl denselben Radiosender hört und auch mitsingt. Wir gucken uns an, fangen an zu lachen und als ich bei *Multi* auf den Parkplatz biege, ist er hinter mir und stellt sich direkt neben mich. Er heißt Sven und ist total nett. Und morgen Abend sind wir verabredet.« Selig grinsend rieb Charlotte sich die Hände.

»Morgen Abend. Das passt ja«, murmelte Oma Lene.

»Wie, das passt ja?«

»Ich meine, dass passt ja, dass ihr beide so schnell Zeit hattet.« Irgendwie machte Oma Lene heute einen zerstreuten Eindruck, fand Charlotte.

»Ich würde mich so für dich freuen, wenn es diesmal klappt.« Liebevoll strich sie ihr über die Wange und lächelte. »Ich wünsche es dir wirklich von Herzen, Lotte.«

Donnerstag, 18. Oktober

Helene atmete erleichtert auf, als sie auf die Uhr sah.

Es war wieder einer dieser schier endlos scheinenden Tage, die ihr in letzter Zeit häufiger das Leben schwer machten. Einer dieser Tage, den sie mit Warten hatte zubringen müssen. Warten auf das Treffen mit Richard.

Glücklicherweise war heute Donnerstag, Helenes Besuchstag in der Seniorenresidenz. So gab es zumindest schon für die eine Hälfte des Tages eine Ablenkung. Am Vormittag war sie mit dem Fahrrad in die Stadt gefahren und hatte, nur um sich die Zeit zu vertreiben, ein paar unnütze Dinge eingekauft.

Jetzt war es immerhin schon kurz nach halb sieben.

Helene machte sich ein Käsebrot und eine Tasse Tee und setzte sich damit ins Wohnzimmer. Vor ihr auf dem Tisch lag ein Stapel alter Fotoalben.

Es war das erste Mal seit langer Zeit, dass sie den Wunsch verspürte und, wie es schien, auch den Mut aufbrachte, sich die Fotos anzusehen. Fotos aus längst vergangenen Tagen. Aus einem anderen Leben.

Zielstrebig griff sie nach einem in dunkelgrünes Leinen gefassten Album und schlug die erste Seite auf.

Unsere Flitterwochen – Mai 1958. Die Reise in den Schwarzwald hatten Ernst und sie von ihren Eltern zur Hochzeit geschenkt bekommen.

Sie hatten sich damals sehr auf diesen ersten gemeinsamen Urlaub gefreut. Doch schon bei ihrer Ankunft in Offenburg war ihnen sofort klar geworden, dass ein Hotelzimmer mitten in der Stadt absolut nicht in Einklang zu bringen war mit ihrer Vorstellung von einer romantischen Hochzeitsreise. Deshalb waren sie bereits am nächsten Tag wieder ausgezogen und hatten sich auf die Suche nach einer neuen Unterkunft gemacht. Dabei waren sie in einem kleinen Dorf in der Nähe von Oberkirch auf die gemütliche Pension von Frau Braun gestoßen, einer netten Dame um die siebzig, die das junge Paar freudig bei sich aufnahm.

Helene blätterte weiter und ein Stoß Postkarten fiel ihr in den Schoß. Weihnachtskarten und Briefe von Frau Braun.

Während ihres vierzehntägigen Aufenthaltes war zwischen ihnen und ihrer Wirtin ein dermaßen herzliches und freundschaftliches Verhältnis entstanden, dass sie ihren nächsten Sommerurlaub wieder bei ihr verbracht hatten. Und auch in den darauf folgenden Jahren waren sie noch lange Zeit über Briefe und Postkarten in Kontakt geblieben. Bis sie eines Tages die traurige Nachricht von Frau Brauns Tod erhalten hatten.

Helene las noch einmal die lieben Weihnachtsgrüße und ein Lächeln huschte über ihr Gesicht. Augenblicklich hatte sie wieder die knarzende Stimme mit dem schwäbischen Dialekt im Ohr.

Sie legte die Karten beiseite und betrachtete die Fotos.

An jedem Tag ihrer Flitterwochen waren Ernst und sie zu neuen Abenteuern aufgebrochen. Sie hatten die Gegend entweder zu Fuß oder mit dem Auto erkundet und selbstverständlich alle Eindrücke mit dem neuen Fotoapparat – ebenfalls ein Hochzeitsgeschenk – festgehalten.

Es gab Fotos von ihnen vor den Triberger Wasserfällen, beim Tretbootfahren auf dem Mummelsee, vor der Klosterruine in Allerheiligen und zusammen mit Frau Braun beim Wassertreten. Daneben natürlich eine Unmenge an idyllischen Landschaftsbildern, die sie auf ihren ausgedehnten Wanderungen durch den Schwarzwald gemacht hatten.

Liebevoll strich Helene mit dem Zeigefinger über eines der Bilder und für einen Augenblick kehrte die alte Traurigkeit zurück.

Es zeigte Ernst, der bis zu den Knien in den eisigen Fluten eines Gebirgsbaches stand und unter Aufbringung seiner gesamten Selbstbeherrschung darauf wartete, dass Helene das Foto machte. Bei der Erinnerung an sein verkrampftes Gesicht musste sie sogar heute noch lachen – und an die Tatsache, dass er dreimal aus dem Wasser gesprungen war, bis sie ihn endlich durch das Drücken des Auslösers erlöst hatte.

Ach Ernst, wir hatten doch eine schöne Zeit.

Plötzlich verschwamm das Bild vor ihren Augen und aus ihrem Lachen wurde heftiges Schluchzen.

Einige Minuten und einige nasse Taschentücher später hatte Helene sich wieder beruhigt. Sie überlegte, ob sie die Alben nicht lieber wieder in den Schrank räumen sollte.

Während ihrer großen Krise vor vier Jahren hatte sie den ganzen Tag nichts anderes getan, als sich die alten Fotos anzusehen, um dann in Kummer und Selbstmitleid zu ertrinken. Bis Charlotte ihr die Bücher irgendwann einfach weggenommen hatte. »Du bekommst sie erst zurück, wenn du wieder in der Gegenwart lebst und nicht mehr nur in der Vergangenheit.« Charlotte hatte die Alben in einen Karton gepackt und weggesperrt.

Erst nach Helenes erfolgreicher Therapie hatte Charlotte sie ihr zurückgegeben.

Helene legte ihre Flitterwochenerinnerungen zurück auf den Tisch und nahm das dicke, in braunes Leder gebundene Album mit ihren Kinder- und Jugendbildern zur Hand. Sie schlug es in der Mitte auf und sah sich als Teenager. Fotos mit ihrer Mutter am Strand von Borkum. Von ihrem 16. Geburtstag, auf dem sie stolz ihr neues Fahrrad zeigte. Oben auf der Leiter bei der Apfelernte im Garten ihrer Oma.

Sie blätterte weiter. Auf der folgenden Seite stieß sie auf eines ihrer Lieblingsbilder. Ernst, Richard und sie, Arm in Arm mit dem Mann im Eisbärenkostüm auf dem Gallimarkt. Alle lachten fröhlich in die Kamera und obwohl es schon über ein halbes Jahrhundert her war, konnte sich Helene noch ganz genau an diesen Nachmittag erinnern.

Ihre Mutter war damals einer Ohnmacht nahe gewesen, als sie ihr stolz das Bild gezeigt hatte. Ihre Tochter allein unterwegs mit zwei Männern – und das auch noch auf dem Gallimarkt, vor den Augen der ganzen Stadt.

Seit diesem Zeitpunkt hatte sich alles verändert. Vorher hatte Helene sich nie großartig rechtfertigen müssen, wohin sie fuhr und mit wem sie sich traf. Doch nach dem Marktbesuch hatte ihre Mutter plötzlich für alles eine Erklärung haben wollen.

Helene dachte daran, wie sie vor jeder Verabredung sorgfältig von ihr ausgefragt worden war, und hegte auch keinerlei Zweifel daran, dass ihre Mutter ihr so manches Mal heimlich gefolgt war, nur um zu überprüfen, ob sie auch die Wahrheit gesagt hatte.

Außerdem, so glaubte Helene, hatte ihre Mutter an diesem Tag die Entscheidung getroffen, Ernst als zukünftigen Ehemann ihrer Tochter auszuwählen. Aufgrund ihres kontinuierlichen Einflusses hatte Helene schließlich den Plan ihrer Mutter verwirklicht und Ernst geheiratet. Und sie hatte diese Entscheidung nicht eine Sekunde lang bereut.

Nur die Frage ›Wie wäre mein Leben verlaufen, wenn ich mich für Richard entschieden hätte?‹ schlummerte während der vergangenen Jahre fortwährend in den Tiefen ihres Bewusstseins und war nun durch sein plötzliches Auftauchen wieder erwacht. Und heute Abend war sie mit ihm verabredet.

Helene merkte, wie sie gebannt sein Gesicht auf dem Foto anstarrte. *Ihr Herz war in Aufruhr.* Wie bitte? *Ihr Herz war in Aufruhr.* Woher kam plötzlich diese unsinnige Bemerkung in ihrem Kopf?

Ihr Herz war in Aufruhr!

»So ein Blödsinn«, sagte sie laut vor sich hin. »Ich bin 69 Jahre alt. Da sind Herzen nicht mehr in Aufruhr. Es sei denn, man steht kurz vor einem Infarkt.«

Sie versuchte zu lachen, doch es klang zu nervös, um echt zu sein. Sie fühlte wieder Richards Hand – wie er sie gestern Mittag tröstend berührt hatte. Es war seit Jahren die intimste Berührung eines Mannes für sie gewesen. Das Gefühl so großer Nähe hatte sie zutiefst erschüttert.

Helene strich leicht mit den Fingern über ihre Hand, so wie er es gestern getan hatte. Sie unterdrückte ein Seufzen und schlug die nächste Seite des Albums auf.

Das oberste Foto zeigte sie und ihre Freundin Lieselotte im Garten ihrer Eltern. Wieder wurde das Bild unscharf, weil ihr Tränen in die Augen schossen. Mit einer unwirschen Handbewegung wischte sie sie fort.

Lieselotte – und nur Lieselotte – war der Grund, weshalb sie sich heute Abend mit Richard traf. Sie würden sich zusammensetzen, um ihren Mörder zu finden. Nicht mehr und nicht weniger.

Helene schlug das Album zu und warf es mit Wucht zurück auf den Tisch. Sie sah auf die Uhr. Zeit, sich auf den Weg zu machen.

Sie brachte das ungegessene Käsebrot und den mittlerweile kalten Tee zurück in die Küche, zog sich ihre

Schuhe an, nahm ihren Mantel von der Garderobe und verließ das Haus.

Ihr Herz war in Aufruhr.

»Hallo, Hettie. Schön, dass du da bist. Komm doch rein.« Richard half ihr aus dem Mantel und geleitete sie ins Wohnzimmer. Im Kamin brannte ein gemütlich loderndes Feuer und eine wohlige Wärme schlug ihr entgegen.

»Setz dich doch.«

Helene nahm, wie bereits am Tag zuvor, auf dem Ledersofa Platz.

»Was darf ich dir zu trinken anbieten? Einen Wein vielleicht?«

»Wasser bitte.«

Spöttisch sah Richard sie an.

»Ich muss noch fahren«, fügte sie knapp erklärend hinzu.

»Komisch. Gestern war das für dich doch auch kein Problem.«

»Aber heute schon.«

»Gut. Wie du willst.« Richard stellte zwei Gläser auf den Tisch, schenkte ihr das gewünschte Wasser ein und sich selbst einen Rotwein.

Sekunden, Minuten vergingen, in denen keiner von ihnen etwas sagte. Helene blickte starr auf ihre Hände, die gefaltet in ihrem Schoß lagen. Er sollte nicht sehen, wie sehr sie zitterten. Sie spürte, wie Richard sie aus den Augenwinkeln beobachtete. Nervös griff sie nach ihrem Glas und trank einen Schluck Wasser.

»Warum fühlst du dich so unwohl, Hettie?«, fragte er plötzlich in die peinliche Stille hinein. »Liegt es an mir?«

»Ich? So ein Blödsinn! Ich fühle mich nicht unwohl.« Aufgebracht stellte sie ihr Glas zurück auf den Tisch – mit so viel Schwung, dass es umkippte und sich der gesamte Inhalt über Tisch und Parkettboden ergoss.

»Tut mir leid, das wollte ich nicht.« Helene sprang auf

und versuchte unbeholfen, das Wasser mit den Händen auf dem Tisch zu halten.

Richard war indessen schon in die Küche geeilt und kam mit einem Stoß Handtücher zurück. Mit wenigen Handgriffen wischte er die entstandenen Pfützen auf und trocknete anschließend behutsam Helenes Hände.

Sie schaute ihn dabei nicht an. Sie konnte nicht. Das Herz schlug ihr bis zum Hals. Sie hatte geahnt, dass so etwas passieren würde. Es war so stickig in diesem Zimmer, sie bekam kaum noch Luft.

Mittlerweile hatte Richard sich wieder hingesetzt. »Hör mal, Hettie. Auch wenn du behauptest, dass du dich nicht unwohl fühlst ... Was hältst du davon, wenn wir den Abend einfach noch einmal beginnen?«

Verwundert schaute sie ihn an – das erste Mal direkt, seitdem sie hier war.

»Vielleicht läuft es dann besser.«

»Wenn du meinst ...« Helene stand auf, zog sich ihren Mantel wieder an und ging hinaus.

Gierig sog sie die frische Abendluft in sich hinein. Sie zwang sich, in gemächlichen Schritten die kurze Auffahrt hinab bis zur Straße zu laufen. Warum war sie nur so furchtbar angespannt? Warum konnte sie sich nicht einfach ganz normal benehmen? So, als wäre Richard nur ein alter Bekannter, mit dem sie einige wichtige Dinge zu bereden hatte ...

Zögernd ging sie zurück zur Haustür, atmete noch einmal tief durch und drückte auf den Klingelknopf. Richard öffnete ihr die Tür.

»Hallo, Hettie. Schön, dich zu sehen. Komm doch rein.«

Sie ging an ihm vorbei ins Haus mit dem Vorsatz, sich diesmal besser unter Kontrolle zu haben.

Helene hielt sich wacker. Nachdem sie sich wieder gesetzt und sich diesmal ebenfalls für ein Glas Rotwein entschieden hatte, begann sich ihre innere Anspannung etwas zu lösen. Sie bemerkte, wie sehr Richard darum bemüht war, die Gesprächspausen nicht zu lang werden zu lassen, um nicht wieder in eine Phase unangenehmen Schweigens zu geraten. Außerdem hielten sie sich nicht mit belangloser Konversation auf, sondern kamen gleich auf den eigentlichen Grund ihres Treffens zu sprechen.

Richard wiederholte noch einmal in groben Zügen, was Helene ihm am Tag zuvor erzählt hatte. Dabei breitete er einige DIN-A3-Blätter auf dem Wohnzimmertisch aus, die er in einer Art Flussdiagramm mit allen Fakten des Falls beschrieben hatte. Helene traute ihren Augen kaum, als sie sah, wie viel Mühe er sich gemacht hatte, ließ sich aber nichts anmerken.

Tief in ihrem Innern jedoch durchflutete sie ein Gefühl warmer Dankbarkeit. Vielleicht waren es aber auch nur die Auswirkungen des Weines … oder des Kaminfeuers … oder beides zusammen.

»Ich habe versucht, mit Hilfe dieses Diagramms ein halbwegs stimmiges Täterprofil zu erstellen. Höchstwahrscheinlich handelt es sich um einen männlichen Täter, der in etwa zwischen 25 und 50 Jahre alt sein dürfte, über gute medizinische Kenntnisse verfügt und sich in Leer, insbesondere in Loga, sehr gut auskennt. Hier vor allem in der Hinsicht, dass er Einblick in die Wohnverhältnisse der Leute hat. In unserem Fall also in die älterer Damen. Ob sie allein leben, wann der Pflegedienst kommt und geht, Essen auf Rädern, und so weiter …«

Helene hörte ihm aufmerksam zu. Er hatte sich tatsächlich ernsthaft Gedanken gemacht und sich in die Geschichte eingearbeitet.

Dabei hatte sie eigentlich nur seinen Rat gewollt, ob sie zur Polizei gehen sollte oder nicht. Aber in diesem Augenblick wurde ihr klar, dass es die richtige Entscheidung gewesen war, ihn einzuweihen. Besser hätten es die hiesigen Beamten auch nicht machen können. Und irgendwie war er ja auch einer von ihnen.

»Hettie, hörst du mir eigentlich noch zu?«

Helene fuhr zusammen. »Aber natürlich, Richard«, log sie. »Du hast wirklich gute Arbeit geleistet.«

Er lachte. »Ja, genau das habe ich gerade gesagt. Nur, dass ich dich gemeint habe.«

»Mich? Wieso mich?«

»Weil du gute Arbeit geleistet hast. Wenn du nicht so aufmerksam gewesen wärst, hätte niemand einen Zusammenhang zwischen dem Tod dieser Frauen hergestellt.«

»Im Grunde war es doch nur Zufall.«

»Am Anfang vielleicht. Aber dann hast du weitergemacht.«

»Ich habe es nur für Lieselotte getan«, sagte sie traurig.

»Genau das ist es – trotz deines Kummers warst du wachsam. Du hast dir Gedanken gemacht, wer als Täter in Frage kommen könnte und versucht, deine Vermutungen durch Beweise zu untermauern.«

»Aber es ist mir nicht gelungen, einen – wie heißt es so schön – ›dringend Tatverdächtigen‹ ausfindig zu machen. Charlotte und ich haben hin- und herüberlegt. Uns fällt einfach niemand mehr ein.«

»Genau darum möchte ich dich auch um einen Gefallen bitten – und weil ich den Mörder für äußerst gefährlich halte und mir Sorgen um dich mache.« Unvermittelt nahm Richard wieder ihre Hand und strich ihr sacht mit der anderen über die Wange. Helenes Reflexe waren nach dem zweiten Glas Rotwein und der einschläfernden Wärme im Raum so weit reduziert, dass sie es einfach geschehen ließ. Nur das Anfluten ihrer Hormone in weniger als einer Millisekunde funktionierte noch ausgezeichnet.

»Ich wollte dich fragen, ob du damit einverstanden bist, wenn ich meinen Enkelsohn in die Geschichte einweihe. Er arbeitet …«

»Du hast einen Enkelsohn?«, unterbrach sie ihn.

»Eigentlich sogar drei. Und eine Enkeltochter.«

Vier Enkelkinder. Dabei hatte sie nicht einmal etwas von Kindern gewusst. Dass er eine Frau hatte, oder besser eine Exfrau, hatte man ihr berichtet. Aber von Kindern war keine Rede gewesen.

»Aber warum willst du es ausgerechnet ihm erzählen?«, fragte sie verwirrt.

»Weil er zufällig hier in Leer bei der Polizei arbeitet. Er will in die Fußstapfen seines Großvaters treten.« Der Stolz in Richards Stimme war nicht zu überhören. »Aber ich werde es ihm nur sagen, wenn es dir auch wirklich recht ist. Außerdem werde ich ihn bitten, es erst einmal für sich zu behalten. Er soll sich nur ein wenig umhören. Vielleicht findet er ja etwas Nützliches heraus.«

Helene dachte kurz über seinen Vorschlag nach. Ihr war klar, dass sie ohne Hilfe nicht weiterkommen würden. »Also gut. Ich bin einverstanden.«

»Schön, dann werde ich ihm gleich morgen Bericht erstatten.« Er nahm die DIN-A3-Blätter vom Tisch und legte sie ordentlich auf einen Stapel zusammen. Helene überkam ein mulmiges Gefühl. Was hatte er vor? Das offizielle Thema des Abends wurde offensichtlich als abgeschlossen betrachtet – und nun? Sie trank in einem Zug den Rest ihres Rotweins und schnellte aus dem Sofa hoch. Einen Augenblick lang schwankte der Boden unter ihren Füßen bedrohlich und sie musste sich mit den Händen auf der Tischplatte abstützen.

»Willst du schon gehen?«, fragte Richard erstaunt.

Helene, die sich inzwischen wieder aufgerichtet hatte, war mit wenigen, wenn auch mühsamen Schritten schon an der Tür.

»Kannst du in deinem Zustand überhaupt noch fahren? Soll ich dich nicht lieber nach Hause bringen?« Richard klang ehrlich besorgt.

»Erstens ist es allein deine Schuld, dass ich mich in diesem Zustand befinde«, gab Helene schroff zurück. »Und zweitens hast du genau so viel getrunken wie ich.«

»Dann rufe ich dir ein Taxi.«

»Nicht nötig. Ich schaff das schon.«

Ihre Hand umfasste die Türklinke, doch auch Richard legte seine Hand darauf. Aber nicht um ihr zu helfen, sondern, um sie am Öffnen der Tür zu hindern. »Nun sei doch vernünftig, Hettie!«

»Aber genau das bin ich doch«, hielt sie dagegen. Sie spürte Panik aufwallen. »Ich bin vernünftig und gehe jetzt.« Bevor noch irgendetwas passiert, was lieber nicht passieren sollte, beendete sie in Gedanken den Satz. Sie rüttelte an der Klinke, doch er ließ nicht locker.

»Aber Hettie, wovor hast du denn solche Angst?«

»Ich habe keine Angst. Ich will nur nach Hause.« Sie war den Tränen nahe.

»Aber findest du nicht auch, dass es an der Zeit ist, über das zu sprechen, was geschehen ist – und wie wir heute dazu stehen. Willst du nicht auch versuchen, das, was anscheinend zwischen uns steht, zu klären und aus der Welt zu schaffen.«

»Tut mir leid, aber ich kann das nicht.« Er ließ die Klinke los und sie stürzte hinaus. Ich kann dir nicht helfen, das, was zwischen uns steht, aus der Welt zu schaffen, dachte sie, weil da gar nichts ist. Da ist ganz und gar nichts – und genau das macht mir Angst.

Völlig aufgelöst kehrte Helene am Abend von ihrem Besuch bei Richard zurück. Sie legte sich sofort ins Bett, in der Hoffnung, der Wein würde noch genügend Wirkung zeigen, um sie friedlich schlafen zu lassen – doch das Gegenteil war der Fall. Erst nach etwa zwei Stunden, die sie hauptsächlich mit Hin- und Herwälzen zubrachte, fiel sie in einen unruhigen Schlaf. Albträume verfolgten sie, wie schon lange nicht mehr.

Sie sah sich in einer leeren Kirche stehen. Es war die Beerdigung ihres Mannes. Nur sie war dort. Keine anderen Menschen, die um ihn trauerten. Nur die Sargträger.

Einsam und allein folgte sie ihnen auf den Friedhof.

Sie stand neben dem Hügel der ausgehobenen Erde und sah in ein bodenloses, schwarzes Loch. Die Männer ließen den Sarg in die Dunkelheit hinab und ihr war, als würde eine unheimliche Kraft versuchen, sie mit in die Tiefe zu ziehen.

Sie trat einen Schritt zurück und bemerkte, dass neben diesem Grab ein weiteres Grab lag. Ihr Blick fiel auf den Stein und sie las Richards Namen.

Voller Entsetzen schlug sie die Hände vor das Gesicht und begann zu weinen. Plötzlich – wie aus dem Nichts – tauchte Charlotte vor ihr auf.

»Und, Oma?« fragte sie mit starren Augen und ausdruckslosem Gesicht. »Neben welchem deiner Männer möchtest du einmal beerdigt werden?«

Schluchzend und zitternd fand Helene sich in ihrem Bett wieder. Sie schaltete die Nachttischlampe ein und versuchte, die schrecklichen Bilder aus ihrem Kopf zu drängen. Doch es dauerte eine ganze Weile, bis sie wieder einschlief. Die Lampe ließ sie vorsichtshalber brennen.

Kapitel 6

»...und ob es gleich sein Hemdchen weggegeben,
so hatte es ein neues,
und das war vom allerfeinsten Linnen.«

Freitag, 19. Oktober

Charlotte wählte aufgeregt die Nummer ihrer Oma. Als diese sich am anderen Ende meldete, erwiderte sie formvollendet: »Praxis Dr. Klaaßen. Charlotte Hövelmann. Guten Tag.«

»Ist das wieder einer deiner verrückten Scherze, Lotte?«, hörte sie daraufhin Oma Lene beinahe vorwurfsvoll fragen.

»Guten Morgen, Frau Hinrichs. Wie geht es Ihnen?«

»Hinrichs, wieso Hinrichs?! Lotte, was ist los? Hör auf, mich zu veralbern.« Ihre Stimme klang müde.

»Danke, ja. Mir geht es auch gut. Warum ich anrufe? Ich wollte Ihnen nur kurz mitteilen, dass *Schwester Monika* Ihre Rezepte bereits abgeholt und für Sie schon zur *Apotheke am Schlosspark* gebracht hat. Verstehen Sie ...«

Sie konnte förmlich hören, wie bei ihrer Oma der Groschen fiel.

»Die *Apotheke am Schlosspark*? Du meinst, Schwester Monika löst die Rezepte für ihre Patienten dort ein? Und vielleicht auch andere Schwestern von den *Häuslichen Engeln*?«

»Wenn sie selbst nicht mehr dazu in der Lage sind, Frau Hinrichs. Ich hatte nur nicht daran gedacht. Aber vorhin, als die Schwester kam, ist es mir eingefallen. Ich hoffe, Sie sind mir nicht böse.«

»Ich, böse? Unsinn!«

»Dann ist ja gut. Was meinen Sie? Ja, das ist eine gute

Idee. Legen Sie sich ruhig noch mal hin, bis der Botendienst der Apotheke kommt und Ihnen Ihre Sachen bringt.«

»Botendienst? Na klar! Der kennt nicht nur die Patienten, sondern weiß auch, wo und wie sie wohnen. Du bist ja spitze, Lotte!«

»Möglicherweise können Sie das an die zuständigen Personen weiterleiten?!«

»Keine Sorge, ich werde der Polizei Bescheid geben.«

»Also gut, Oma – Frau Hinrichs, manchmal ist das Leben wirklich nicht einfach. Ich wünsche Ihnen alles Gute.«

»Ja, ich dir auch. Und du weißt ja – keine Privatgespräche bei der Arbeit.«

»Ich werd's dem Chef ausrichten, Frau Hinrichs. Auf Wiedersehen.«

*

Das Gespräch mit Charlotte ließ Helene die Albträume und den Schlafmangel der letzten Nacht schnell vergessen. Sie überlegte, wie sie mit dieser neuen Information umgehen sollte. Das Nächstliegende wäre, Richard anzurufen und ihn ebenfalls darüber in Kenntnis zu setzen. Aber etwas in ihr sträubte sich dagegen. Außerdem – sie hatte seine Nummer nicht und im Telefonbuch stand er bestimmt auch noch nicht. Ja, sie könnte sie vielleicht bei der Auskunft erfragen ... aber besser war, sich erst einmal selbst einen Eindruck von den Mitarbeitern der *Apotheke am Schlosspark* zu verschaffen.

Herr Fritz und Frau Weber freuten sich sehr, als Helene sie an diesem Freitagnachmittag überraschend zu einem kleinen Spaziergang abholte.

»Das Wetter ist heute so schön, das müssen wir noch einmal ausnutzen«, erklärte sie überschwänglich. Natürlich behielt Helene den eigentlichen Grund des Ausflugs für sich.

Helene war schon mehrfach als Kundin in der Apotheke gewesen. Aber glücklicherweise war sie nur sehr selten krank. Deshalb war ihre Beziehung zu den Angestellten dort nicht besonders innig. Nicht so wie bei ihrer Freundin Margret, die den Chef und die Mitarbeiterinnen ihrer Stammapotheke alle mit Namen kannte. Helene kannte weder die Namen noch die Gesichter – doch das sollte sich an diesem Nachmittag ändern.

Sie verließen das Altenheim durch den Haupteingang, bogen vorn an der Straße rechts in Richtung Kreismusikschule ab, liefen an der Reformierten Kirche vorbei und folgten der Straße Am Schlosspark bis zur Ecke Daalerstraße.

Als Helene das rote Apotheken-A sichtete, beschleunigte sich unwillkürlich ihr Schritt. Herr Fritz hatte Mühe, ihr und Frau Weber, deren Rollstuhl Helene schob, zu folgen.

»Lust auf was Süßes?«, war die einzige Frage, die Helene stellen musste, um die beiden für einen Apothekenbesuch zu gewinnen.

Eine Klingel kündigte ihr Eintreten an.

»Ich will Lakritze!«, erklärte Frau Weber entschieden und versuchte mit aller Kraft, ihr Gefährt aus Helenes Händen zu befreien, indem sie ihren Oberkörper in rhythmischen Bewegungen nach vorn beugte.

Helene schob den Rollstuhl bis zu dem Korb mit den schwarzen Süßigkeiten neben einer der Kassen. Dabei ließ sie ihren Blick diskret durch den Verkaufsraum gleiten. Helle Einrichtung, große Fenster, angenehme Atmosphäre.

»Kann ich Ihnen helfen?«, hörte Helene jemanden höflich fragen. Sie wandte sich um und sah einen jungen Mann hinter dem Handverkaufstisch stehen. Er war etwa Mitte dreißig, hatte kurze, dunkle Locken und fast schwarze Augen. Sein Gesicht wirkte durch den langen, weißen, bis oben zugeknöpften Laborkittel etwas fahl.

»Wir schauen erst noch«, sagte sie mit einem Lächeln und richtete dabei ihren Blick entschuldigend auf das alte Pärchen hinter sich. Der junge Mann nickte nur und ging zurück in den kleinen, durch eine Glaswand abgetrennten Rezepturbereich, aus dem er gekommen war.

»Trientje«, schrie Herr Fritz plötzlich los, »nun sieh dir mal an, was die hier haben: Werder-Bremen-Lümmeltüten!« Dabei hielt er ihr eine Packung Kondome vor die Nase, auf der groß das grün-weiße Vereinswappen prangte.

Frau Weber nahm die Packung in ihre gichtsteifen Finger und hielt sie sich dicht vor ihre Brille.

»Wir stehen für Werder gerade!«, las sie laut und vernehmlich vor, bevor sie sich vor Lachen so schüttelte, dass ihr der Haarreifen vom Kopf rutschte und zu Boden fiel. »Was ist denn das für ein Schweinkram!«

»Das ist kein Schweinkram, Trientje! Das ist Vereinsliebe – im wahrsten Sinne des Wortes!«

»So was habe ich noch nie gebraucht!«

Ungläubig verzog Herr Fritz das Gesicht. »Aber früher doch!«, mutmaßte er.

»Nee, auch früher nicht. Da hat mein Georg schon jedes Mal vor dem Amen die Kirche verlassen.« Sie gluckste wie ein Huhn, das sich verschluckt hatte. »Hat nur nicht immer so richtig geklappt.«

Herr Fritz riss ihr die Packung aus der Hand. »Die will ich haben«, sagte er an Helene gewandt. »Oder vielleicht besser … gibt es die auch in XL?«, fragte er laut in die Tiefen der Apotheke hinein.

Jetzt war es völlig um Frau Weber geschehen. Dicke Tränen liefen ihr über die Wangen und sie hielt sich mit einer Hand die Seite. »Nun hör aber auf, Emil! Ich habe schon Seitenstechen!«

»So ist das nun mal beim Fußball«, gab er beleidigt zurück. »Für seinen Verein gibt man eben alles.« Er stellte sich so gerade auf, wie sein Rundrücken das zuließ, und fing aus voller Brust an zu singen: »*Wo die Weser einen großen Bogen macht, steht das Weser-Stadion in neuer Pracht …*« Dabei schwang er die Kondompackung wie einen Taktstock.

Auch um Helenes Mundwinkel zog sich ein breites Grinsen bei diesem Anblick, obwohl dieser Auftritt nun wirklich alles andere als unauffällig war. Wahrscheinlich würde dieser Freitagnachmittag in die Annalen der Apothekengeschichte eingehen und die Mitarbeiter würden noch Jahre später bei Weihnachtsfeiern oder anderen Anlässen davon erzählen.

Während Herr Fritz bereits die nächste Strophe anstimmte, entdeckte Helene auf der linken Seite des Raumes, versteckt hinter einem großen Pappplakat, das in grellen Farben ein Mittel gegen Blähungen empfahl, einen weiteren Mann. Er saß an einem Schreibtisch und schien sehr beschäftigt. Dennoch zeigte sein gerötetes Gesicht ebenfalls deutliche Spuren von Erheiterung. Er war einige Jahre älter als sein Kollege, trug einen gepflegten, grauen Vollbart, den Kittel ebenfalls hoch geschlossen und strahlte diese gewisse Erhabenheit aus, wie man sie nur von geborenen Führungspersönlichkeiten kannte.

Der Chef, dachte Helene. Sie fand es seltsam, keine weiblichen Angestellten zu sehen. War die Apotheke sonst nicht in erster Linie eine Frauendomäne?

»Hast du noch mehr, was geschickt werden muss, oder war das alles, Alex?« Eine knurrige Stimme erklang aus Richtung eines Regals mit Erkältungsmedikamenten. Helene konnte den dazugehörigen Mann allerdings nicht richtig ausmachen. Sie sah nur seine Augen, die sie durch eine Lücke zwischen zwei Hustensaftflaschen finster anstarrten.

»Ich habe noch diese Salbe hier«, erklärte der junge Mann aus seiner Glaskabine, der ausgiebig mit einem Pistill in einer weißen Schale rührte. »Aber die ist noch nicht fertig. Die kannst du erst heute Abend mitnehmen.«

»Wohin?«, fragte der Mann mürrisch.

»Logabirum, Feldstraße«, kam die knappe Antwort.

Der Griesgram, bei dem es sich offensichtlich um den Boten handelte, gab ein missgelauntes Brummen von sich und verschwand.

Helene ärgerte sich, Griesgram nicht in seinem ganzen Umfang gesehen zu haben. Bei ihrer Ankunft hatte sie das Apothekenauto rechts auf der Auffahrt stehen sehen. Vielleicht konnte sie noch einen kurzen Blick auf ihn erhaschen, während er einstieg.

Sie hatte die Klinke schon in der Hand, als plötzlich jemand die Tür mit solcher Wucht von außen öffnete, dass Helene ins Stolpern geriet und beinahe hinfiel. Sie war kurz davor, ihrer Verärgerung Luft zu machen, als sie sah, wer die Übeltäterin war. Weiße Arbeitskluft, blaue Strickjacke – Schwester Monika. Die beiden Frauen starrten sich einen Moment lang an.

»Hallo, Frau Schmidt. Das ist ja eine Überraschung, Sie hier zu sehen.« Sie streckte Helene die Hand hin.

Helene ergriff sie und hoffte auf ein Wunder. Doch leider war heute anscheinend kein Tag für Wunder. »Frau Schmidt?«, hörte sie Herrn Fritz auch schon protestieren. »Wieso ›Frau Schmidt‹? Das ist doch unsere Frau Hövelmann!« Alte Leute waren leider nur zu bestimmten Zeiten schwerhörig.

Irritiert kräuselte Schwester Monika die Stirn. »Hövelmann?«

»Ja«, schaltete sich nun auch Frau Weber ein. »Helene Hövelmann. Mit Schmidts hat die nichts zu tun. Oder?«

Erwartungsvoll sah Frau Weber Helene an, während Schwester Monika verwirrt von einem zum anderen blickte. Zu allem Überfluss waren nun auch noch der Chef und der hübsche Alex bis zum Verkaufstresen vorgerückt und verfolgten gespannt das sich entwickelnde Drama.

»Wer sind Sie denn jetzt wirklich?«, fragte Schwester Monika gereizt.

»Helene Hövelmann! Hab ich doch gerade gesagt«, erwiderte Frau Weber ungeduldig.

»Und warum haben Sie mich und meinen Chef dann vor ein paar Tagen derart angelogen?« Voller Empörung wandte sie sich an die beiden Herren in Weiß. »Gibt sich einfach als Frau Schmidt aus, die einen Pflegedienst für ihre alte Tante sucht!« Ihre Stimme zitterte bedrohlich. »In höchsten Tönen hat sie meinem Chef vorgeschwärmt, wie zufrieden die Leute mit mir sind. Allen voran Frau Wischmeyer und Frau Heydfeld.« Sie schüttelte ungläubig den Kopf und plötzlich sah Helene Tränen in ihren Augen schimmern. »Sie hat ihm ausdrücklich zu verstehen gegeben, dass sie unbedingt mich für ihre Tante will. Doch dann hat sie sich nie wieder gemeldet – und jetzt gibt es diese Tante nicht einmal!« Nun drehte sie sich erneut in Helenes Richtung und vergrub ihre Hände tief in den Taschen ihrer Strickjacke. »Kein Wunder, dass Sie sich nie wieder haben hören lassen. Alles erstunken und erlogen!«

Helenes verschwitzte Hände umfassten verkrampft die Griffe von Frau Webers Rollstuhl. »Es tut mir leid«, stammelte sie. »Aber ich hatte meine Gründe …«

»Ach ja? Was für Gründe können das schon gewesen sein?« Schwester Monikas Stimme wurde immer schriller. »Was meinen Sie, Herr Dr. Abeln? Herr Schönborn? Fällt Ihnen dazu etwas ein?«

Zu den beiden Männern hatte sich in der Zwischenzeit ein junges Mädchen gesellt, wahrscheinlich angelockt durch das stetig lauter werdende Gespräch.

Der Apotheker, der sich bis dahin das Drama aus sicherer Entfernung angesehen hatte, verließ nun seinen Posten, stellte sich neben die Pflegedienstschwester und legte ihr tröstend die Hand auf die Schulter. »Aber, aber, Schwester Monika. Nun beruhigen Sie sich doch. Wenn Frau Hövelmann, oder wie auch immer sie heißt, nichts mehr zu sagen hat, wird sie uns jetzt sicherlich sofort verlassen wollen.« Sein Blick verriet, dass er es mit seinem Rausschmiss ernst meinte.

Helene löste die Bremse an Frau Webers Rollstuhl und forderte Herrn Fritz mit einer Handbewegung auf, ihr zu folgen.

»Und was ist mit meinen Lümmeltüten?« flüsterte er ihr zu.

Fast unmerklich schüttelte sie den Kopf. »Ein andermal, Herr Fritz.«

Er warf die Packung hinüber zu Alex Schönborn, der noch immer mit ausdrucksloser Miene hinter dem Verkaufstisch stand. »Hier, mein Junge. Bitte als Geschenk verpacken. Morgen kommen wir wieder und holen sie ab.«

Ganz bestimmt nicht, dachte Helene, als sie ihren Fuß über die Schwelle setzte.

»Sind Sie jetzt böse auf uns?« Herr Fritz machte ein bekümmertes Gesicht.

»Nein, nein, ich bin nicht böse«, versicherte Helene. Wenn hier jemand böse auf jemanden sein konnte, dann nur sie auf sich selbst. Sie hatte versucht, durch Lügen die Wahrheit herauszufinden – und das war gründlich schief gegangen.

Was für ein dummer Zufall aber auch, ausgerechnet in der Apotheke auf Schwester Monika zu treffen. Jetzt brauchte sie sich dort nie wieder blicken zu lassen.

»Warum haben Sie eigentlich der Frau erzählt, dass Sie Schmidt heißen?« Frau Weber hatte sich, so weit es ihr Rollstuhl ihr erlaubte, zu Helene umgedreht und sah sie neugierig an.

»Das ist eine lange Geschichte.«

»Wir haben Zeit, nicht wahr, Trientje«, bemerkte Herr Fritz. »Ganz viel Zeit.«

»Im Gegensatz zu mir«, erwiderte Helene knapp. Und das war die Wahrheit. Sie hatte heute noch eine Verabredung mit ihrer Freundin Margret. In der Lutherkirche fand ein Harmonic-Brass-Konzert statt und vorher wollten sie noch zum Italiener in die Altstadt.

Während sich Helene für den Abend zurechtmachte, überlegte sie, ob sie Richard von ihrem katastrophalen Nachmittag erzählen sollte. Er würde ihr bestimmt Vorhaltungen machen, weil sie wieder auf eigene Faust ermittelt hatte.

Andererseits bestand natürlich die Möglichkeit, dass der Mörder ebenfalls von dem Vorfall erfuhr. War er vielleicht sogar persönlich anwesend gewesen? Konnte er eins und eins zusammenzählen und wusste nun, dass Helene ihm auf der Spur war? Im Grunde waren nur die Namen Frau Wischmeyer und Frau Heydfeld gefallen. Reichte das, um ihn zu alarmieren? War sie vielleicht sogar in Gefahr?

Nein, der Bote hatte die Apotheke schon verlassen gehabt, als Schwester Monika hereingekommen war. Er hatte also bestimmt nichts von der Unterhaltung mitbekommen.

Aber die anderen Mitarbeiter würden ihm sicherlich davon erzählen. Von solchen Geschichten bekamen die Leute doch nie genug. Wahrscheinlich würde bald ganz Leer alle Einzelheiten kennen.

Allerdings hatte der griesgrämige Kerl auf Helene keinen besonders cleveren Eindruck gemacht – nur einen düsteren. Reichte das aus, um ein Mörder zu sein? Um *der* Mörder zu sein? Der Mörder, der Frauen mit Hilfe alter Grimmscher Märchen dahinmeuchelte? Brauchte sie Schutz? Schutz von Richard?

Plötzlich hatte sie wieder die Bilder der letzten Nacht vor Augen. Den ganzen Tag hatte sie es geschafft, sie erfolgreich zu verdrängen. Jetzt waren sie wieder da – zudem erschreckend klar. Ernst in seinem Sarg. Der Friedhof. Der zweite Grabstein.

›*Neben welchem deiner Männer möchtest du einmal begraben werden, Oma?*‹

Sie entschied sich, Richard nicht anzurufen.

Samstag, 20. Oktober 2007

»Ich hätte gern die bronzefarbene da drüben.« Helene zeigte dem Verkäufer, welche der Herbstastern sie meinte. Sie würde sie ihrer Schwiegertochter heute Nachmittag als Geschenk mitbringen.

Sybille und ihr Mann Johannes, Helenes Sohn, hatten sie gestern Morgen überraschend zu Tee und Kuchen eingeladen. Sie wusste genau, was dahintersteckte. Aus irgendeinem Grund fühlten sich die beiden verpflichtet, zu Helenes siebzigstem Geburtstag im nächsten Monat eine riesige Feier zu organisieren.

Dabei war das ganz und gar nicht das, was Helene wollte. Sie würde diesen Tag lieber nur im Kreise der Familie und einiger enger Freunde verbringen. Und noch viel lieber würde sie einfach ein paar Tage verreisen.

Aber ihre Wünsche wurden vom Festkomitee nicht berücksichtigt. Warum auch – es war ja nur *ihr* Geburtstag.

Nachdem der nette Mann ihr das Prachtexemplar von einer Aster in eine große Plastiktüte gepackt hatte, ließ sie ihren Blick noch einmal über all die anderen Pflanzen schweifen, die liebevoll dort aufgebaut worden waren. Sie seufzte. Leider hatte sie in ihrem eigenen Garten keinen Platz für noch mehr Blumen.

Verdrossen wandte sie sich ab und ging weiter zum Gemüsestand.

Sie liebte es, am Samstagmorgen in aller Ruhe über den Wochenmarkt auf dem Ernst-Reuter-Platz zu schlendern.

Voll bepackt machte sie sich einige Zeit später auf den Weg zurück zu ihrem Auto. Normalerweise fuhr sie bei gutem Wetter mit dem Fahrrad hierher. Doch heute hatte sie sich im Auto besser aufgehoben gefühlt – irgendwie sicherer. Genau wie gestern Abend, als sie mit Margret zum Essen in die Stadt gefahren war.

Helenes Wagen stand auf dem Parkplatz neben der Osterstegschule. Bevor sie den Zebrastreifen überquerte, stellte sie ihre Tüten ab und rieb sich die Hände. Die schwere Last schnürte sich in die weiche Haut ihrer Finger. Sie verteilte die Einkäufe neu, klemmte sich einen Teil unter den Arm und wollte schon weitergehen, als sie plötzlich einen dunkelgrünen Kastenwagen in hohem Tempo auf sich zukommen sah. Erschrocken sprang sie zurück, verlor das Gleichgewicht und stürzte auf den Fahrradweg. Wütend ballte sie die Faust und schrie hinter dem Flüchtigen her, der nicht einmal abgebremst hatte.

Erst jetzt sah sie das große rote A, das ihr von der rückwärtigen Tür des Fahrzeugs entgegenschien. Und darunter eine stilisierte Zeichnung der Evenburg – das Symbol der *Apotheke am Schlosspark*.

Fassungslos starrte sie auf eine ihrer Tüten, die es nicht geschafft hatte, rechtzeitig in Deckung zu gehen – nur noch Möhrenmus.

Der Nachmittag bei Charlottes Eltern war eine Qual. Helene konnte und wollte sich einfach nicht auf das Thema Geburtstag konzentrieren.

Immer wieder kehrten ihre Gedanken zurück zu – ja, was eigentlich? Dem missglückten Anschlag? Dem versehentlichen Beinahe-Unfall? Der unachtsamen Zebrastreifenüberquerung? War ihr jemand auf den Fersen? Trachtete man ihr nach dem Leben? Oder war es nur ein dummer Zufall gewesen?

Helene verabschiedete sich vorzeitig von Johannes und Sybille. Ihre Schwiegertochter warf ihr entrüstet Interesselosigkeit vor. Sie wolle sich nur vor der Tatsache drücken, dass sie mit siebzig Jahren auch nicht mehr die Jüngste sei. Doch diese Anschuldigungen hatte Helene schon längst beiseite geschoben, als sie ihre Wohnung betrat.

Sie schloss die Haustür ab und setzte sich ins Wohnzimmer. Zufall oder nicht, ging es ihr im Kopf herum.

Zufall, entschied sie letztlich. Woher hatte der Apothekenbote schließlich wissen sollen, dass sie exakt an dieser Stelle in diesem Augenblick den Zebrastreifen überqueren wollte. Natürlich ging sie sehr häufig am Samstag auf den Wochenmarkt. Aber genauso oft auch mittwochs. Außerdem hatte sie keine festgelegte Zeit. Sie ging dann, wenn es ihr am besten passte, irgendwann im Laufe des Vormittags. Also musste es zwangsläufig Zufall gewesen sein – ganz bestimmt.

Sie wünschte, sie könnte Charlotte anrufen und ihr alles erzählen. Aber erstens durfte sie nichts von Helenes Auftritt in der Apotheke wissen – immerhin vertraute ihre Enkelin darauf, dass Helene nur noch eine Informantin der Polizei und nicht Ermittlerin in eigener Sache war. Zweitens hatte Dr. Klaaßen heute Notdienst und Charlotte mit ihm. Keine Privatgespräche während der Arbeitszeit.

Ich könnte Richard anrufen, überlegte Helene. Und mich seinem Spott aussetzen?

Nein, gespottet hatte er nie über sie. Allerdings würde so ein Anruf mit höchster Wahrscheinlichkeit seinen Beschützerinstinkt wecken. Er würde sie überreden, vorbeikommen zu dürfen. Vielleicht würde er sogar hier übernachten wollen – ausschließlich, um besser auf sie aufpassen zu können, natürlich.

Helene stellte sich vor, wie er mit Schlafsack und Kopfkissen vor ihrer Haustür stand. Wollte sie sich von ihm beschützen lassen? Sie betrachtete gebannt das Telefon. Sollte sie es wagen?

›Neben welchem deiner Männer möchtest du einmal begraben werden, Oma?‹

Meine Güte – Ernst war tot. Er würde niemals wiederkommen, sie nie wieder in den Arm nehmen, sie nie wieder küssen. Es hieß doch ›bis dass der Tod uns scheidet‹, oder? Und der Tod hatte genau das gemacht – vor vier Jahren schon. Hatte sie geschieden, voneinander getrennt, für immer. Warum hatte sie dann trotzdem dieses schlechte Gewissen, wenn sie an Richard dachte? Warum fühlte sie sich, als würde sie Ernst betrügen?

Es war doch kein Ehebruch – der Tod hatte ihre Ehe zerbrochen. Es war nicht ihre Schuld.

Mit brennenden Augen griff sie nach dem Hörer und wählte die Nummer der Auskunft.

»Ich hätte gern die Nummer von Richard Kohnen, wohnhaft in Leer, Ostfriesland.«

Helene ließ so lange klingeln, bis die Leitung unterbrochen wurde, doch Richard hob nicht ab. Jetzt, wo sie den Entschluss gefasst hatte, ihn um Hilfe zu bitten, versuchte sie es alle paar Minuten erneut – ohne Erfolg.

Mittlerweile war es fast halb neun. Sie schaltete den Fernseher ein, doch sämtliche Programme hatten mal wieder nichts Interessantes zu bieten. Frustriert holte sie sich den Roman, den sie momentan las, aus dem Schlafzimmer, als es an der Tür klingelte.

Helene fuhr zusammen. Langsam ging sie durch den Flur und schaute durch das Seitenfenster neben der Tür. Erleichtert atmete sie auf. Es war Charlotte.

»Hallo, Lotte. Ich freue mich ja so, dich zu sehen.« Fest drückte sie ihre Enkeltochter an sich.

»Ja, Oma. Ich freu mich auch. Sag mal, ist irgendwas passiert?«

»Nein«, log Helene. »Wieso? – Soll ich dir etwas zu essen machen, mein Herz?«

»Das ist lieb von dir, aber ich habe es leider furchtbar eilig. Ich komme jetzt gerade erst von der Arbeit und schon in ungefähr zehn Minuten steht Inga bei mir vor der Tür. Wir wollen uns erst einen netten Film ansehen und anschließend noch ins Zollhaus zur Ü-30-Party.«

»Ü-30? Seid ihr dafür nicht noch ein bisschen jung?«

»Für's Publikum vielleicht. Aber die Musik ist klasse.«

»Sag mal, Lotte. Was ist eigentlich aus deinem Ampelmännchen-Treffen geworden?«

Zerknirscht sah Charlotte sie an. »Bitte erinnere mich nicht daran.«

»Nicht schon wieder ein Reinfall, oder?«

»Oh doch und was für einer. Ein Typ wie eine Wunderkerze. Nur, dass er von beiden Seiten gleichzeitig gebrannt hat.«

Helene kräuselte fragend ihre Stirn.

»Wie heißt es doch so schön: ›Ein bisschen bi schadet nie‹!«

»Oh!«

»Genau das hab ich auch gedacht – und tschüß ...« Charlotte zuckte mit den Schultern. »Was hat eigentlich die Polizei zu dem Tipp mit der Apotheke gesagt?«

Helene zupfte ihrer Enkeltochter einen nicht vorhandenen Fussel von der Jacke, um ihr nicht in die Augen sehen zu müssen. »›Vielen Dank für den Hinweis. Wir werden uns darum kümmern.‹«

»Wortkarges Volk«, beschwerte sich Charlotte. »Aber Hauptsache, sie kriegen ihn.« Inzwischen hockte das Mädchen vor Helenes Wohnzimmerschrank und durchstöberte ihr DVD-Sortiment.

»Suchst du etwas Bestimmtes?«

»*Stolz und Vorurteil* – den wollen wir gucken und dann im Zollhaus nach Mr. Darcy Ausschau halten.«

Helene nahm den Film aus dem DVD-Player und gab ihn Charlotte. »Hast du Lust, morgen Mittag zum Essen vorbeizukommen?«

»Aber klar doch! So gegen halb eins, okay? So jetzt muss ich aber dringend los. Tschüß, Oma.« Und wie ein Wirbelwind stob sie davon.

Helene setzte sich in der Küche Teewasser auf und ging dann zurück ins Wohnzimmer, um sich ihrem Buch zu widmen. Sie hatte gerade den ersten Satz gelesen, als es erneut an der Tür klingelte.

Wieder der Blick durch das Fenster. Wieder Charlotte.

»Tut mir leid, Oma, aber hast du eventuell noch eine

Tüte Chips zu Hause? Oder Nachos? In meinem Schrank ist zurzeit Ebbe ...«

Helene versorgte sie ausreichend für den bevorstehenden Filmabend, verabschiedete sie zum zweiten Mal und wandte sich wieder ihrem Buch zu.

Sie hatte erst eine halbe Seite gelesen, als es zum dritten Mal klingelte.

»Und, Lotte, was hast du diesmal vergessen?«, stichelte sie, als sie die Tür öffnete. Dann erstarrte sie.

»Guten Abend, Frau Hövelmann. Ich habe da eine Lieferung für Sie ...«

Sie spürte noch, wie sich etwas Weiches fest auf ihr Gesicht presste, wie ein scharfer Geruch ihr in die Nase drang, bevor sie das Bewusstsein verlor.

Kapitel 7

Sonntag, 21. Oktober

Dunkel. Warum war es nur so dunkel? Tiefe Schwärze um sie herum. Wo war sie? Zu Hause? Nein. Etwas in ihrem Inneren sagte ihr, dass sie dort nicht war. Sie kam sich irgendwie fehl am Platz vor.

Aber wo war sie dann? Und war Richard noch da? Richard. Er war doch gerade noch bei ihr gewesen ... hatte sie umarmt ... geküsst ...Wo war er? Und die Sonne? Das Meer? Der Strand, an dem sie mit Richard spazieren gegangen war? Woher kam plötzlich diese Dunkelheit? Ihr Verstand konnte es ihr nicht sagen.

Helene fühlte sich unendlich schwach und schlief wieder ein.

Als sie das nächste Mal zu sich kam, dröhnte es ganz fürchterlich in ihrem Kopf. Hatte jemand ihren Namen gerufen? Sie horchte angestrengt. Nichts. Sie wollte trotzdem antworten, doch ihre Stimme gehorchte ihr nicht.

Richard? Hatte er nach ihr gerufen? Warum war er nicht bei ihr geblieben? Wohin war er gegangen? Sie sehnte sich nach ihm ... seinen Armen ... seinem warmen Körper ...

Hatte er sie hierher gebracht? Weg von zu Hause? Aber warum?

Sie versuchte die Augen zu öffnen, doch bleischwer verschlossen ihre Lider ihr die Sicht.

Die Finsternis rückte immer näher. Bedrückende Finsternis ... und Kälte.

Da, wieder die Stimme. Sie rief nach ihr.

Doch ihrer Kehle entkam kein Laut.

Als Helene ein weiteres Mal erwachte, waren ihre Sinne etwas klarer. Die undurchdringliche Dunkelheit machte ihr Angst. Sie fröstelte. Nur mit Mühe gelang es ihr, die Augen zu öffnen. Es blieb dunkel.

Sie spürte, wie das Innere ihrer Nase bei jedem ihrer Atemzüge stechend schmerzte. Helene bemühte sich, nur noch durch den Mund zu atmen. Bei dem Versuch, ihren Mund weiter zu öffnen, um besser Luft zu bekommen, bemerkte sie, dass ihre Lippen angeschwollen waren. Was war nur mit ihr geschehen?

Sie wollte ihre Hand heben, um mit den Fingern die Schwellung zu ertasten. Es ging nicht. Sie schaffte es nicht.

Erst jetzt ließ ihr immer noch träge arbeitender Verstand sie langsam begreifen, dass sie auf einem Stuhl festgebunden war. Sie saß angebunden inmitten tiefster Finsternis. Noch einmal versuchte sie, sich zu bewegen. Nichts. Sowohl ihre Arme als auch ihre Beine schienen wie mit dem Stuhl verwachsen.

Eine Welle der Panik überrollte sie. Was war hier los? Wie lange war sie schon hier gefangen? Stunden? Tage? Warum, um alles in der Welt, saß sie am ganzen Körper verschnürt in dieser Dunkelheit?

Mit aller Kraft versuchte sie, sich zu befreien. Rüttelte mit Leibeskräften an ihren Fesseln. Doch sie ließen keinen Millimeter nach. Schon nach wenigen Sekunden war all ihre Energie verbraucht und sie rang schwer nach Luft. Völlig erschöpft sank sie zusammen. Doch sie durfte nicht aufgeben. Wer immer sie in diese Lage gebracht hatte, würde ...was? Ja, was würde er mit ihr machen? Und vor allem warum? Wer steckte überhaupt dahinter?

Helene kniff die Augen zusammen und kämpfte um Konzentration. Sie musste sich unbedingt daran erinnern, wie sie hierher gekommen war.

Sie war zu Hause gewesen. Mit einem Buch auf dem Sofa. Charlotte hatte vorbeigeschaut. Nach der Arbeit.

Auf der Suche nach einer DVD. Und Chips. Und dann … an der Tür … ein Mann. Stechender Geruch.

Hier endeten ihre Erinnerungen. Doch irgendetwas regte sich in ihrem Gedächtnis. Sie konzentrierte sich voll und ganz auf das Gefühl des brennenden Aromas in ihrer Nase. Bilder aus ihrer Kindheit kamen ihr in den Sinn. Ihre Mutter, die bedrohlich den Zeigefinger hob. Woher kannte sie nur diesen Geruch?

Hoffmannstropfen. Das Wort leuchtete förmlich in ihrem Gehirn auf.

Ihre Mutter hatte immer ein Fläschchen *Hoffmannstropfen* in ihrer Handtasche gehabt. Zur Stärkung, gegen ihre angeblichen Ohnmachtsanfälle. Und Helene hatte als Kind gern daran geschnüffelt. Sie wusste noch, wie wütend ihre Mutter jedes Mal geworden war, wenn sie sie dabei erwischt hatte. ›Hör sofort auf damit, Helene‹, hatte sie geschimpft. ›Damit spielt man nicht. Das ist gefährlich. Wenn du zu viel daran riechst, schläfst du ein und wachst nie wieder auf.‹

Also enthielten die Tropfen – was? Ein Einschlafmittel? Nein, es musste stärker sein. Ein Narkosemittel! Wahrscheinlich Äther oder Chloroform oder ähnliches. Sie war betäubt worden. Jemand hatte sie betäubt und entführt. Jemand? Der Mann an der Tür.

Ihre Gedanken brachen auseinander, als sich nur wenige Meter von ihr entfernt mit schrillem Quietschen eine Tür öffnete. Das hereinfallende Licht traf ihre empfindlichen Augen und ruckartig schnellte ihr Kopf zur Seite. Sie war nicht auf den Schmerz vorbereitet, der beinahe ihren Schädel zum Platzen brachte. Und nicht auf die Übelkeit, die sich wie eine schnell ansteigende Flutwelle nach oben schob, um sich einen Weg nach draußen zu bahnen. Wieder drehte sie den Kopf zur Seite, damit das Erbrochene nicht sie selbst traf.

»Ach, wenn da nicht jemand aufgewacht ist.«

Helene hörte, wie an einem altmodischen Lichtschalter

gedreht wurde. Erleichtert nahm sie wahr, dass die Lampe an der Decke nur sehr mattes Licht verbreitete.

Sie spuckte den Rest der Übelkeit von sich und tastete dann vorsichtig mit ihrem Blick die Umgebung ab – ein Fahrrad, ein paar zerbrochene Dachziegel, eine zweite Tür, daneben ein kleines Fenster, ein Haufen Sperrmüll –, bevor ihre Augen an dem jungen Mann hängen blieben, der in der Tür stand.

Sie kannte ihn. Höfliche Stimme. Dunkle Locken. Apotheke.

Es war nicht der griesgrämige Bote, sondern der andere. Der mit dem Kittel, hinter der Glaswand. Wie war noch sein Name?

»Haben Sie gut geschlafen?« Seine freundliche Frage spottete der absurden Situation.

»Warum haben Sie mich betäubt und hierher verschleppt? Warum bin ich gefesselt? Was haben Sie mit mir vor?« Wütend und ängstlich starrte sie ihn an. Nur etwa die Hälfte ihrer Worte war wirklich zu hören gewesen, weil Helenes Stimme ihr noch immer den Dienst versagte.

»Warum Sie hier sind?« Einen Moment hielt er inne. »Weil ich schon so lange auf Sie gewartet habe.« Er musterte sie einige Augenblicke, bevor ein selbstzufriedenes Lächeln seine Lippen umspielte. »Aber entschuldigen Sie mich für eine Weile. Es gibt noch so viel zu erledigen. Vielleicht finden wir später noch Zeit zum Plaudern. Ach, und falls Sie versuchen möchten, sich durch Geschrei den Nachbarn bemerkbar zu machen – es gibt keine.« Er nickte ihr zum Abschied zu, löschte das Licht und verschwand.

Die Dunkelheit war noch dichter und erschreckender als zuvor. Wieder zerrte Helene wie eine Irrsinnige an ihren Fesseln, bis die Haut auf ihren Armen und Beinen wundgescheuert war. Es war zwecklos. Die Kabelbinder ließen nicht locker.

Sie versuchte, so laut sie konnte, um Hilfe zu rufen.

Sollte er doch zehnmal behaupten, es gäbe keine Nachbarn. Und wenn das gelogen war?!

Doch ihr Hals war wie zugeschnürt, die Worte wollten einfach nicht kommen und jeder neue Versuch brachte größere Schmerzen mit sich.

Erschüttert über ihre eigene Hilflosigkeit hörte Helene schließlich auf zu schreien. Schweigend saß sie da, Tränen rannen über ihr Gesicht. Gab es noch Rettung für sie? Wer konnte sie befreien? Was hatte man mit ihr vor? Wollte man auch sie töten? Ermorden? So wie Lieselotte? Wie Frau Heydfeld und Frau Busboom? Würde auch bei ihr keiner bemerken, dass sie nicht auf natürlichem Wege aus dem Leben geschieden war?

Oh doch, da war sie sich sicher. Zumindest Charlotte würde ein plötzliches Sterben ihrer Oma nicht einfach so hinnehmen. Schon gar nicht mit dem Wissen um die anderen drei Morde.

Und auch Richard nicht. Gemeinsam würden sie den Mörder aufspüren und seiner gerechten Strafe zuführen.

Nur sie selbst würde das alles nicht mehr erleben. Sie wäre tot. Für immer – tot. Aber sie wollte nicht sterben! Noch nicht. Und ganz sicher nicht auf diese Art und Weise. Durch die Hand eines anderen Menschen. Sie war kein Opfer. Sie wollte keines sein. Nein, sie wollte leben! Leben!

Immer wieder stieß Helene flüsternd das eine Wort hervor – wie eine geheime Parole, wie ein Losungswort. »Leben! Leben! Ich will leben!«

Sie musste wissen, was er mit ihr vorhatte. Vielleicht gab es eine Möglichkeit, dass er sie verschonte.

›Warum Sie hier sind? Weil ich schon so lange auf Sie gewartet habe.‹ Was sollte das bedeuten?

Vielleicht hatte er die Spuren, wie etwa die sieben Gläser und den halben Apfel bei Lieselotte, die rote Mütze bei Frau Heydfeld, die Linsen bei Frau Busboom und die drei Märchenbücher mit der Absicht gelegt, dass jemand sein mörderisches Spiel durchschauen und ihm auf die Schliche kommen sollte. Damit die Welt erfuhr, was für ein intelligentes Monster er war. Und genau das hatte Helene geschafft. Sie war diejenige, die erkannt hatte, dass die drei Frauen aus dem Leben gezwungen worden waren. Und während ihres Streitgesprächs mit Schwester Monika in der Apotheke – gestern? vorgestern? – war ihm klar geworden, dass sein Tun nicht unentdeckt geblieben war.

Und dafür sollte Helene jetzt bestraft werden? Weil sie clever genug gewesen war, seinen Irrsinn zu durchschauen? Oh nein. Nicht mit ihr. Sie würde sich nicht einfach in ihr Schicksal ergeben. Sie würde kämpfen bis zum bitteren Ende. Bis zu seinem oder ihrem.

Die Tür quietschte und das Licht ging an. Diesmal war Helene vorbereitet. Entschlossen sah sie ihn an. Vor Überraschung schossen seine Augenbrauen in die Höhe, als er den Ausdruck auf ihrem Gesicht sah. Wahrscheinlich hatte er sie in Angst und Schrecken versetzt erwartet. Doch den Gefallen würde sie ihm nicht tun.

»Ich habe leider Ihren Namen vergessen.« Helene gab sich Mühe, ihre angeschlagene Stimme so entspannt wie möglich klingen zu lassen.

Irritiert machte er einige Schritte auf sie zu, bevor sich sein Mund zu einem breiten Lächeln verzog. »Alexander Schönborn. Ich würde Ihnen ja die Hand geben, aber …« Er deutete auf ihre gefesselten Hände und zuckte gleichgültig mit den Schultern.

»Helene Hövelmann«, erwiderte sie nur.

»Ich weiß. Es ist gar nicht so schwer, Dinge über jemanden in Erfahrung zu bringen, wenn man es wirklich will.«

»Was für Dinge?«

»Ach, alles was wichtig ist«, gab er ausweichend zurück. »Wo jemand wohnt, wie er lebt, was er so macht, was für ein Mensch er ist … solche Dinge eben.«

»Wer sollte Ihnen so etwas schon erzählen?«

»Schwester Birgit zum Beispiel.«

Nun war es Helene, die ein erstauntes Gesicht machte. »Sie waren in der Seniorenresidenz, um sich nach mir zu erkundigen?«

»Keine Sorge, ich war äußerst diskret. Ich hatte einige Arzneimittel für das Heim auszuliefern und bin mit Schwester Birgit ins Gespräch gekommen. Ein Wort gab das andere, und ... Übrigens sind alle dort sehr gut auf Sie zu sprechen. Sie sind eine äußerst beliebte Person, wissen Sie das? Alle halten Sie für ausgesprochen korrekt, aufgeschlossen, freundlich und bewundern Ihr großes soziales Engagement. Auch Herr Fritz und Frau Weber reden nur in den höchsten Tönen von Ihnen. Obwohl ... Herr Fritz nimmt es Ihnen doch ein wenig übel, dass Sie ihm die Werder-Bremen-Kondome nicht gekauft haben.«

»Sie haben ihnen doch nichts getan?«, fragte Helene und ihr Tonfall verriet ihre Angst.

»Wie ›getan‹? Was denn getan?« Er kreuzte die Arme vor der Brust und betrachtete sie aufmerksam.

»Na, sie auch umgebracht«, und es klang genauso hart, wie Helene es beabsichtigt hatte. »Wie all die anderen!«

»Umgebracht? Was soll das heißen?«

»Ermordet, getötet, gegen ihren Willen aus dem Leben gerissen. Mehr oder weniger hingerichtet, mit einem Märchenbuch als Vorlage. Sie sind ein kranker Mann, Herr Schönborn. Ein wirklich kranker Mann.« Helene wollte nicht weinen, doch es kostete sie große Anstrengung, die Tränen zurückzuhalten. »Sie haben das Leben meiner Freundin ausgelöscht. Einfach so. Von den anderen Frauen ganz zu schweigen. Wissen Sie eigentlich, was für ein besonderer Mensch sie war? Haben Sie sich auch nach ihr erkundigt, so wie Sie es bei mir gemacht haben? Nein? Dass hätten Sie aber tun sollen! Vielleicht hätten Sie sie dann verschont. Sie war nämlich ein wunderbarer Mensch.« Nun konnte Helene ihre Tränen nicht länger aufhalten. »Ich war schon seit meiner Schulzeit mit ihr befreundet. Also fast mein ganzes Leben lang. Und dann kommen Sie und setzen dem einfach ein Ende. Was glauben Sie eigentlich, wer Sie sind? Gott, oder was?« Die letzten Worte waren nur noch ein raues Krächzen.

Alexander Schönborn hatte mittlerweile seine Hände tief in die Taschen seiner Jeans vergraben und stierte mit leerem Blick vor sich auf den Fußboden.

Helene musterte den jungen Mann durch den tränennassen Vorhang vor ihren Augen. Einen Augenblick lang überkamen sie leise Zweifel. War er wirklich der Täter? Er wirkte mit einem Mal so unbeholfen. Und reumütig – wie ein kleiner Junge, der wissentlich etwas Verbotenes getan hatte. Und nun wartete er auf die Strafe, die seine Tat unweigerlich nach sich ziehen würde.

»Sie wissen davon?« Seine Augen blieben starr nach unten gerichtet. Er bemerkte nicht, dass Helenes Mund vor Verblüffung offen stand. Sie schloss die Augen und schüttelte kurz den Kopf, um ihre Gedanken neu zu sortieren. Wenn er nicht vermutete, dass sie etwas wusste – warum war sie dann hier?

»Natürlich«, sagte sie und hoffte, dass es gelassen genug klang. »Ich weiß alles. Ich dachte, dass wäre Ihnen klar.«

»Eigentlich nicht«, murmelte er verstört. Hastig zog er die Hände aus den Hosentaschen und verließ fluchtartig den Raum, ohne sie noch einmal anzusehen. Zu ihrer Erleichterung vergaß er sogar, das Licht auszuschalten.

In Helenes Kopf schwirrten die Gedanken durcheinander wie ein Schwarm Schmeißfliegen. Warum hatte er ausgerechnet sie entführt, wenn er anscheinend gar nicht wusste, wie gefährlich nah sie der Aufklärung seiner Mordtaten war? Also hatte er sie nicht wegen des Streits mit Schwester Monika in der Apotheke gekidnappt? Aber er hatte doch vorhin gesagt, ›Ich habe auf Sie gewartet‹! Wie konnte er auf sie warten, wenn er nicht einmal ahnte, dass es sie überhaupt gab? Wo lag da der Sinn?

Helene sah sich erst einmal gründlich in ihrem Gefängnis um. Vielleicht bestand eine Chance zur Flucht.

Die zweite Tür und das schmutzige kleine Fenster an der ihr gegenüberliegenden Wand hatte sie bei Alexanders erstem Besuch schon entdeckt. Doch erst jetzt erkannte sie, dass die Tür offensichtlich nach draußen führte. Denn beim Blick durch das Fenster sah sie, wie die nächtliche Dunkelheit langsam dem Licht des frühen Morgens wich.

Was, wenn die Tür nicht verschlossen war? Trotz der nur schwachen Beleuchtung sah sie ziemlich marode aus. Viel schäbiger als die Tür rechts von ihr, durch die Alexander verschwunden war und die anscheinend diesen Teil des Hauses – den umgebauten Bereich einer alten Tenne – mit dem Wohntrakt verband.

Wenn Helene sich vielleicht samt ihrem Lehnstuhl, auf dem sie festgebunden war, dagegen fallen ließ … und es vielleicht doch Nachbarn gab …

Sie musste zugeben, es gab eine Menge ›Vielleichts‹ in ihren Überlegungen. Aber vielleicht hatte sie ja Glück.

Sie versuchte, den Sessel anzuheben und sich in Richtung Tür zu bewegen. Doch es gelang ihr nur für ein, zwei Sekunden, das schwere Ding hochzuhieven, bevor es mit einem lauten Krachen wieder auf den Boden schlug. Ganz abgesehen einmal von den Schmerzen, die dieses Unterfangen ihr bescherte. Schließlich war das Prachtexemplar aus massiver Eiche gefertigt und mit einer dicken, lederbezogenen Polsterung versehen. So sehr sie sich auch bemühte und die Zähne zusammenbiss, sie kam einfach nicht von der Stelle.

Helenes nächste Idee, das Ungetüm ruckartig über den Boden zu schleifen, scheiterte ebenfalls kläglich. Der Untergrund war viel zu stumpf und zu uneben.

Außerdem fühlte sie sich nach wie vor geschwächt, auch wenn ihr Gehirn bereits wieder auf Hochtouren lief. Reste des Betäubungsmittels trieben noch immer durch ihren Körper, so dass ihre Arme und Beine nur schwerfällig ihrem Willen gehorchten.

Helene sah noch einmal zu dem von unzähligen Spinnweben gesäumten kleinen Fenster rechts neben der Tür. Es wurde zusehends heller da draußen. Es wurde Morgen. Aber welcher Morgen? Sonntag? Montag?

Sie war einfach nicht in der Lage, einzuschätzen, wie lange sie bewusstlos gewesen war. Nur ein paar Stunden oder einen ganzen Tag? Wann würde man sie vermissen? Wer würde ihr Fehlen zuerst bemerken? Bestimmt Charlotte. Sie wollte doch um halb eins zum Essen kommen. Sie würde ihre Oma suchen. Aber wo sollte das Mädchen anfangen?

Mit Schrecken fiel Helene ein, dass Charlotte ja keine Ahnung hatte, dass sie sich in der *Apotheke am Schlosspark* umgesehen hatte. Oder dass sie, Helene, gar nicht wie versprochen zur Polizei gegangen war, um den Beamten von den Entdeckungen um die toten Damen zu erzählen. Und auch von Richard wusste Charlotte nichts.

Richard wiederum kannte die ganze Geschichte, bis auf den Hinweis, der sie zur Apotheke geführt hatte. Ein sehr entscheidender Hinweis, wie Helene jetzt schmerzlich einräumen musste. Warum war sie nur wieder so eigensinnig gewesen und hatte ihm nichts gesagt?

Weil sie Angst hatte. Angst vor ihm, vor seiner Nähe, vor den Gefühlen, die sich in ihr regten, wenn sie ihn nur ansah. Gefühle, die sehr schön waren, aber die sie nicht zulassen konnte, nicht zulassen durfte, weil sie Ernst verletzten würden.

Aber Ernst war tot – sie würde ihn nicht mehr verletzen können.

Und er würde sie nicht retten können. Richard schon.

Ironie des Schicksals, dachte Helene und der Kloß in ihrem Hals drückte ihr wieder die Tränen in die Augen.

Wenn mich keiner findet und rettet, werde ich bei Ernst sein.

Wenn mich einer findet, ist es Richard und ich bin gerettet. Darf ich dann nicht auch bei ihm bleiben?

Es tut mir leid, Ernst. Ich habe dich immer geliebt und liebe dich noch, aber ich will nicht sterben …

Draußen war es nun heller Tag. Helene sehnte sich beinahe schmerzlich nach einem Laut von außerhalb ihres Gefängnisses. Einem Laut von sie umgebender Zivilisation. Doch absolut nichts war zu hören. Kein Trecker, kein Rasenmäher, kein Autolärm, nicht einmal das Bellen eines Hundes oder das Krähen eines Hahns.

Es bestand natürlich die Möglichkeit, dass doch erst Sonntag war, ein Tag, der für die meisten Menschen später begann als die Werktage. Außerdem fuhr eigentlich auch niemand am Tag des Herrn mit seinem Traktor aufs Feld – nur in äußersten Notfällen.

Helene musste sich eingestehen, dass sie nicht einmal wusste, ob Ende Oktober überhaupt noch etwas auf den Feldern zu tun war.

Je länger sie horchte und doch nichts hörte, desto größer wurde ihr Entsetzen. Hatte Alexander wirklich die Wahrheit gesagt? Gab es keine Nachbarn? Wohin um alles in der Welt hatte er sie nur verschleppt?

Zu allem Überfluss musste sie auch noch ganz schrecklich nötig, schon seit einer ganzen Weile. Auch das sprach dafür, dass es erst Sonntagmorgen war. Sonst hätte sie bestimmt schon eher ein Problem damit gehabt. Sollte sie Alexander rufen? Und wenn er nein sagte? Das konnte er doch nicht, oder? Aber schließlich plante er vermutlich, sie umzubringen. Da wäre ihm sicherlich egal, ob dabei ihre Hose nass war oder nicht.

Helene rutschte unruhig auf ihrem Stuhl hin und her. Lange würde sie es nicht mehr aushalten können.

Plötzlich öffnete sich die Tür und er kam herein. »Wie haben Sie mich gefunden?« Als Helene nicht antwortete, formulierte er die Frage anders. »Woher wussten Sie, dass ich es war?«

»Es gab Hinweise«, sagte Helene.

»Was für Hinweise?«

»Die Bücher.«

»Sie haben also die Märchenbücher entdeckt.« Er schien erfreut darüber zu sein. »Weiß sonst noch jemand davon?«

Helene überlegte einen Moment. »Nein«, sagte sie bestimmt. Sie wollte weder Charlotte noch Richard einer unnötigen Gefahr aussetzen.

»Und was ist mit der Polizei? Haben Sie denen was gesteckt?«

»Nein, die hätten mir doch sowieso nicht geglaubt. Ich kann es ja selbst immer noch kaum glauben.« Zum einen war es die Wahrheit, zum anderen war es vielleicht das Beste, ihn in Sicherheit zu wiegen. Was nützte es ihr, ihm Lügen aufzutischen und mit der Polizei zu drohen, wenn er dann womöglich vorzeitig die Nerven verlor. Damit verlor sie doch nur wichtige Zeit. Zeit, in der vielleicht nach ihr gesucht wurde.

»Und sonst? Haben Sie sonst noch etwas gefunden?«

»Ja.« Helene hatte Mühe sich zu konzentrieren, so groß war mittlerweile der Druck ihrer Blase.

Als sie nicht weitersprach, verschwand der entzückte Ausdruck auf seinem Gesicht. »Und was?«, fragte er voller Ungeduld.

Helene erkannte, dass es eine Genugtuung für ihn sein würde, wenn sie ihm die ganze Geschichte erzählte. Aber sie entschied, dass auch sie etwas davon haben wollte, selbst wenn ihr Bedürfnis ihr äußerst peinlich war. Es war zumindest genauso menschlich. »Erst will ich auf's Klo – sonst erzähle ich nicht weiter ...« Am liebsten hätte sie die Arme vor der Brust gekreuzt wie ein trotziges Kind. Aber das war ihr leider nicht möglich.

Einen Augenblick lang war er sprachlos. Die Situation überforderte ihn, das sah Helene ihm an.

»... von dem halben Apfel ...«, fügte sie lockend hinzu.

Er fraß den Köder, den sie ihm hinwarf. »Also gut, ich bin ja kein Unmensch.« Er holte ein altes Seil, das ordentlich aufgewickelt an einem Haken an der Wand hing, und band es um Helenes rechtes Handgelenk. Das andere Ende band er um ihr rechtes Fußgelenk. Anschließend zerschnitt er mit einem Taschenmesser die Kabelbinder.

Erleichtert über die plötzlich gewonnene Freiheit massierte Helene sich die wunden, schmerzenden Unterarme und Unterschenkel.

»Und machen Sie bloß keine Faxen – das rate ich Ihnen.« Er nötigte sie aufzustehen, wobei er das Seil dicht am Körper führte, und wies mit dem Kopf auf die Tür, durch die er hereingekommen war.

Helene setzte mühevoll einen Fuß vor den anderen. Ihre Knie waren steif vom strengen Sitzen und ihre Füße taub vor Kälte. Als sie die Tür erreichte, gab diese den Blick frei in einen kleinen Flur. Eine verschlossene Tür links, eine fast vollständig geöffnete Tür gegenüber. Helene sah zwei gepackte Reisetaschen in dem hinteren Raum an der Wand stehen.

»Hier links rein ist das Klo. Sie haben zehn Sekunden, wenn ich kein Geplätscher mehr höre.«

Minuten später saß Helene wieder mit Kabelbindern festgezurrt auf ihrem Sessel. Ein Fluchtversuch war unmöglich gewesen. Der winzige Raum hatte neben einer Toilette und einem kleinen Handwaschbecken nur über ein Fenster von der Größe eines Tischtennisschlägers verfügt. Zumal hatte Alexander seine Drohung wahr gemacht und Helene waren nur Sekunden geblieben, um sich mit ihren klammen Fingern halbwegs wieder anzuziehen, bevor er sie an dem Seil zurück in den Flur gezerrt hatte.

Alexander hatte zwischenzeitlich ein altes abgewetztes Küchensofa aus dem Gewirr von Sperrmüll gezogen und sich direkt gegenüber von Helene gemütlich darauf niedergelassen. »Wir waren bei dem halben Apfel stehen geblieben …«

»Ich habe Durst … und Hunger.« Helenes Magen knurrte, wie um ihre Aussage zu bekräftigen.

Alexanders Augen verengten sich. »Treiben Sie es ja nicht zu weit.« Sein Tonfall verriet, dass er es sehr ernst meinte.

Um die Situation zu entschärfen, gab sie ihm, was er wollte. »Es war bei meiner Freundin Lieselotte.« Die Worte kamen ihr nur schwer über die Lippen. »Den halben Apfel meine ich.« Sie versuchte, den tiefen Schmerz und die unbändige Wut, die in ihrem Inneren brannten, zu unterdrücken. »Und die sieben Gläser auf der Anrichte. Sie war das Schneewittchen.«

Er lächelte verträumt. »Und das Buch, wann haben Sie es gefunden?«

»Bei der Haushaltsauflösung.«

»Und da haben Sie es schon gewusst? Dass sie nicht allein gestorben ist?«

»Nein, es kam mir nur seltsam vor.« Helene dachte an den Abend zurück. Wie sie mit Christine in der Küche gesessen hatte, wie sie angefangen hatte, das schmutzige Geschirr abzuwaschen. Wenn sie damals geahnt hätte, was sich Stunden zuvor dort abgespielt hatte … Aber jetzt wollte sie es genau wissen. Wollte eine Antwort auf die Frage, die sie schon so lange quälte. »Wie haben Sie es gemacht? Wie haben Sie sie umgebracht?«

Zuerst schien Alexander erschrocken über diese Frage. Doch dann entspannte er sich wieder und erzählte beinahe im Plauderton von dem Abend im August.

»Kurz nach halb acht war ich bei ihr und habe geklingelt. ›Hier ist die *Apotheke am Schlosspark*. Ich habe noch eine Lieferung für Sie, Frau Wischmeyer. Darf ich kurz reinkommen.‹ Wenn man in einer Apotheke arbeitet, genießt man hohes Ansehen, wissen Sie. Der weiße Kittel löst bei den meisten Kunden immer noch großen Respekt aus.« Er lächelte. »Als sie mich hereingebeten hatte, war dann alles ganz einfach. Ich habe ihr mein Anliegen erläutert. Sie hat alles getan, was ich wollte. Und schließlich sogar den Apfel gegessen, den ich ihr mitgebracht hatte. *Äußerlich sah er schön aus, weiß mit roten Backen, dass jeder, der ihn erblickte, Lust danach bekam, aber wer ein Stückchen davon aß, der musste sterben.*«

»Was haben Sie damit gemacht, ihn vergiftet?«, fragte Helene erschüttert und ihr Magen verkrampfte sich zu einem harten Etwas.

»Ich habe eine Hälfte davon liebevoll für sie gerieben«, erwiderte er gedankenverloren. »Und dann das Pulver hinzugefügt, das ich vorbereitet hatte.«

»Was für ein Pulver?«

»Oh, eigentlich waren es Tabletten gegen Altersdiabetes. Sie senken den Blutzuckerspiegel. Nur, wenn man nicht zuckerkrank ist ... nun ja, der Zuckerspiegel sinkt und sinkt, bis man bewusstlos wird. Und dann, wenn einem niemand hilft, ist man tot. Wie Schneewittchen.«

»Nur, dass Schneewittchen am Ende wieder lebt und den Prinzen heiratet«, kreischte Helene, »aber meine Freundin nicht – die ist und bleibt tot.« Sie rang um Selbstbeherrschung.

Alexander reagierte nicht auf ihren Gefühlsausbruch. Er war in die Vergangenheit entrückt. »Ein paar Wochen später klingelte ich dann bei Frau Heydfeld. Eine nette alte Dame. Etwas verwirrt, aber lesen konnte sie noch. Sehr gut sogar. Und die rote Mütze stand ihr.« Er seufzte versonnen.

»Was haben Sie mit ihr gemacht?«

»Wissen Sie, was Atropin ist? Das Gift der Tollkirsche. Belladonna. Früher haben es sich die Frauen in die Augen getropft, damit sich die Pupillen weiteten. Bella Donna – die schöne Frau. Das galt im Mittelalter als besonders schick. *Ei, Großmutter, was hast du für große Augen!*«

»Aber warum die vielen Decken und die aufgedrehte Heizung?«

Diesmal war ihre Frage gänzlich bis zu ihm durchgedrungen, denn er sah sie direkt an, als er ihr antwortete. »Atropin drosselt die Funktion der Schweißdrüsen. Deshalb droht bei großer Wärme – selbst bei einer Dosierung im therapeutischen Bereich – der Exitus durch Wärmestauung und Hitzeschlag.«

Fassungslos starrte Helene ihn an, doch Alexanders Aufmerksamkeit war ihr schon wieder entglitten.

»Bei Frau Busboom brauchte ich mir nicht so viele Gedanken zu machen. Ein Schnitt und fertig. ›Hier, Frau Busboom, Ihr *Marcumar*. Das ist lebenswichtig für Sie.‹ *Sie konnte mit der großen Zehe nicht hineinkommen, und der Schuh war ihr zu klein.*«

»Sie sind ja wahnsinnig!«, flüsterte Helene entsetzt. »Bringen einfach drei Menschen um …«

»Drei?« Er lachte böse auf. »Drei, von denen Sie wissen. Aber was ist mit Dornröschen, die sich an einer Spindel stach … mit Frau Holle und ihrem Federkissen … mit Schneeweißchen und Rosenrot …«

»Hören Sie auf«, fuhr Helene ihn an. Am liebsten hätte sie sich die Ohren zugehalten. »Ich kann es nicht mehr ertragen. Sie sind ja krank!«

»Allzu lange werden Sie es auch nicht mehr ertragen müssen.«

Die Verbindlichkeit seiner Worte versetzte sie in Panik. »Was soll das heißen? Was wollen Sie damit sagen? Wollen Sie mich auch töten? So wie all die anderen?«

»Das werden wir sehen, wenn es dunkel geworden ist.« Er stand von seinem Platz auf und ging in Richtung Tür davon. Dabei summte er kaum hörbar eine Melodie vor sich hin. »*Der Mond ist aufgegangen, die gold'nen Sternlein prangen …*«

Natürlich würde er sie niemals einfach freilassen, das war ihr von Anfang an klar gewesen. Doch es hatte dennoch einen winzigen Funken Hoffnung gegeben – der nun, nachdem er ihr die Morde gestanden hatte, so gut wie erloschen war. Und dabei waren es nicht nur die, von denen sie bereits gewusst hatte. Alexander Schönborn hatte wesentlich mehr Menschen auf dem Gewissen.

Nein, nicht Menschen im Allgemeinen. Sondern Frauen. Er tötete nur Frauen. Aber warum? Was hatten ihm die alten Damen getan? Ganz offensichtlich hatte es nichts mit ihnen persönlich zu tun. Wahrscheinlich lag es an etwas, das sie verkörperten, aber was konnte das sein? Warum lösten alleinstehende ältere Damen in ihm einen solchen Hass aus? Einen Hass, der so groß war, dass er sie auf so reiflich durchdachte, perfekt geplante, perfide Weise umbrachte?

Helene musste wieder an Lieselotte denken. Ihr kamen Bilder vor Augen, wie ihre letzten Stunden ausgesehen haben mochten. Wie sie ihn aus freien Stücken in ihre Wohnung ließ. Wie er sie zwang, den Apfel mit dem für sie tödlichen Medikament zu essen.

Womit hatte er ihr gedroht, dass sie es wirklich tat? Oder sie bedroht? Mit Waffengewalt? Hatte er sie geschlagen? Er machte keinen besonders kräftigen Eindruck. Warum hatte sie sich nicht gewehrt? Und die anderen Frauen? Offensichtlich war keine von ihnen in der Lage gewesen, sich ihm zu widersetzen, sich aus seiner Gewalt zu befreien. Und niemand hatte je bemerkt, dass etwas nicht stimmte.

Würde auch Helene ihm hilflos ausgeliefert sein? Oder bekam sie noch eine Chance? War man schon auf der Suche nach ihr? Würde man sie finden? Rechtzeitig – bevor es für immer zu spät war?

*

Es war schon kurz nach halb eins, als Charlotte an Oma Lenes Haustür klingelte. Sie gähnte hemmungslos und rieb sich schläfrig die Augen. Obwohl Inga und sie bis tief in die Nacht im Zollhaus Ausschau nach Mr. Darcy gehalten hatten, war er nicht erschienen. So eine Gemeinheit!

Müde und frustriert drückte sie ein zweites Mal auf den Klingelknopf. Warum öffnete ihre Oma nicht?

Charlotte war erst vor einer knappen Viertelstunde aufgewacht, weil sie vergessen hatte, spät in der Nacht noch den Wecker zu stellen. Nach einer kurzen Katzenwäsche war sie schnell in ein paar Klamotten gesprungen und im Eiltempo mit dem Fahrrad hierher gefahren, nur um jetzt vor der Tür stehen gelassen zu werden.

Als auch der dritte Versuch nicht zum erhofften Einlass führte, probierte sie die Klinke und stellte überrascht fest, dass die Tür nicht abgeschlossen war. Mit mulmigem Gefühl betrat sie das Haus.

»Oma! Oma? Wo bist du?« Charlotte lauschte. Keine Antwort.

»Oma, ich bin's, Lotte!« rief sie lauter als zuvor. »Bist du hier?« Sie klopfte an die Tür des Gäste-WCs. Nichts. Vorsichtig ging sie weiter in die Küche. Nicht ein Topf stand auf dem Herd, der auf ein geplantes Mittagessen schließen ließ. Auch im Kühlschrank fand sie nichts. Alles schien verlassen. Im Wohnzimmer lag nur ein aufgeschlagenes Buch auf dem Tisch. In keinem der Zimmer brannte Licht, obwohl es ein überaus trüber, düsterer Tag war.

Charlotte stieg die Treppe hinauf in das obere Geschoss.

»Oma? Oma! Bist du hier?« Sie schaute ins Badezimmer, ins Schlafzimmer, in das kleine Büro ihres verstorbenen Opas – doch keine Spur von Oma Lene.

Verwundert ging Charlotte zurück ins Wohnzimmer, machte das Licht an und setzte sich in den großen Ohrensessel. Was war hier los? Ihre Oma hatte sie noch nie zum Essen eingeladen und es dann vergessen. Außerdem war es auch nicht ihre Art, die Haustür nicht abzuschließen. Wo konnte sie nur sein?

Vielleicht war sie heute Morgen zur Kirche gegangen und es dauerte länger als gewöhnlich. Aber so lange – bis halb eins? Zweieinhalb Stunden Gottesdienst? Unwahrscheinlich.

Vielleicht hatte sie sich anschließend noch mit einigen Damen aus ihrem Frauenkreis zum Tee verabredet und die Zeit vergessen. Oder sie war kurz zu einer Nachbarin rüber und hatte sich festgequatscht. Das wäre möglich – obwohl das eigentlich nicht zu Oma Lene passte. Außerdem, es waren ja nicht einmal Kartoffeln geschält. Aber vielleicht gab es heute ja auch Reis oder Nudeln, dachte Charlotte. Sie zog ihre Schuhe aus, drehte den Sessel zum Fenster und legte ihre Füße auf die Heizung. Ihre Oma würde schon irgendwann wieder auftauchen. Sicherlich würde sie gleich mit einer ganz banalen Erklärung hereinspaziert kommen. Charlottes Magen murrte laut auf vor Hunger.

»Du bekommst ja gleich was. Nur Geduld.« Sie faltete die Hände auf ihrem Bauch, schloss die Augen und dachte an dampfende Lasagne. Dann schlief sie ein.

*

Alexander kam herein, in der Hand ein Tablett mit einem Glas Wasser und einem Stück Brot. Wortlos stellte er es auf dem alten Küchensofa ab. Dann zog er sein Taschenmesser aus der Hosentasche und befreite Helenes rechten Arm von den Fesseln. Er setzte das Tablett auf ihre Oberschenkel und forderte sie mit einem Blick auf zuzugreifen.

Völlig entgeistert schaute Helene abwechselnd von Alexander zu der kargen Mahlzeit auf ihrem Schoß und wieder zurück.

»Für Sie«, erklärte er knapp. Dann setzte er sich ihr gegenüber auf das Sofa und betrachtete sie schweigend.

Helene nahm das Glas in die freie Hand und roch vorsichtig an seinem Inhalt. Schien in Ordnung zu sein. Dann nahm sie das Brot und hielt es sich ebenfalls unter die Nase. Es fühlte sich ziemlich trocken an, aber rein optisch und vom Geruch her war auch daran nichts auszusetzen. Trotzdem hatte sie Skrupel, etwas davon zu sich zu nehmen, auch wenn ihr Mund, ihr Magen, ihr ganzer Körper danach lechzten. Besonders nach dem Wasser. Ihre Zunge klebte ihr förmlich am Gaumen und sie schmeckte immer noch den bitteren Geschmack des Erbrochenen von letzter Nacht. Ihre Lippen waren trocken und rissig. Ihr Magen fühlte sich hohl und leer an und sie spürte, wie der Hunger neben all den anderen Strapazen ihrem Kreislauf zu schaffen machte. Vorhin, während sie auf der Toilette gesessen hatte, war es ihr gelungen, ihre Hände kurz unter den Wasserhahn des kleinen Waschbeckens zu halten und ihr Gesicht zu benetzen. Aber zu mehr hatte die Zeit nicht gereicht.

Unschlüssig starrte sie auf das Tablett. Und wenn eine der beiden Sachen vergiftet war?

»Sie können es bedenkenlos nehmen«, sagte er. »Die Sachen sind in Ordnung.«

Helene griff erneut nach dem Glas, roch noch einmal daran und trank einen kleinen Schluck. Was für ein herrlicher Geschmack. Ganz normales Leitungswasser. Sie trank gleich das halbe Glas auf einmal leer. Dann biss sie kräftig in die harte, trockene Brotkruste.

Alexander beobachtete sie eine Weile stumm, während sie aß.

»Sie sehen genauso aus wie sie …«, sagte er plötzlich in die Stille hinein.

»Wie wer?«, fragte Helene kauend.

»Wie meine Großmutter.« Dann nahm er die Beine hoch und legte sich hin, den Kopf auf die Armlehne gestützt, den Blick zur Decke gerichtet. »Sie haben mich noch gar nicht gefragt, warum ich all diese Dinge getan habe.«

Helene erschrak. Erst die Henkersmahlzeit und jetzt sollte sie ihm auch noch die Beichte abnehmen. Was danach folgen würde, konnte sie sich nur allzu gut vorstellen.

Aber vielleicht war das die letzte Möglichkeit, um ihn für sich zu gewinnen, um seine Meinung zu ändern, um ihn zu beeinflussen. Wenn es ihr gelingen würde, ihn von seinem Vorhaben abzubringen …

Schließlich lag er dort auf dem Sofa wie ein Patient auf der Couch seines Psychiaters. Vielleicht gab es für sie doch noch eine Chance, am Leben zu bleiben.

Jahrelang hatte sie selbst so dagelegen und ihre Seele entblößt.

»Warum haben Sie es getan, Alexander?«, fragte sie ihn betont sachlich.

Ein zufriedenes Lächeln, das beinahe Erleichterung ausdrückte, huschte über sein Gesicht. »Sie müssten sich eigentlich gut an die Zeit erinnern können. Wann sind Sie geboren?«

»1937.«

Als er nicht weitersprach, hakte Helene vorsichtig nach. »Welche Zeit meinen Sie, Alexander?«

Er drehte ihr den Kopf zu und sah sie einige Sekunden durchdringend an. »Die Zeit, als man anfing zu glauben, Kinder würden nicht als Junge oder Mädchen, sondern als Neutren geboren werden. An die Zeit, als es hieß, in den ersten Lebensjahren könne das Geschlecht eines Kindes von seinem Umfeld noch frei gewählt werden. An die Zeit, als Wissenschaftler und Psychologen Experimente an Kleinkindern durchführten, um ihre faszinierende Theorie zu belegen. Als sie versuchten zu beweisen, dass der Mensch nicht mit einem festgelegten Geschlecht geboren wird, sondern die Zuweisung in eine männliche oder weibliche Geschlechterrolle abhängig sei von der Erziehung. Erinnern Sie sich an diese Zeit?«

Helene schüttelte sachte den Kopf.

»Der fortschrittliche, moderne Geist der sechziger und siebziger Jahre, als alle Welt verrückt spielte. Man wollte nicht mehr zulassen, dass die Natur die Veranlagung eines Menschen bestimmt. Nun wurde der Erziehung eine größere Bedeutung beigemessen als den Genen. Kinder wurden in Sitzungen behandelt – zur Neuordnung ihres Geschlechts.«

Alexander machte eine Pause. Er wandte das Gesicht

von ihr ab und starrte an die Decke. Die kurze Zeit des Schweigens trieb Helene eine Gänsehaut über den Rücken. Worauf wollte er hinaus?

»Aber die hoch gelobten Herren Psychologen auf der anderen Seite des Ozeans versuchten nicht nur auf die Psyche ihrer unschuldigen Versuchskaninchen einzuwirken. Nein – es wurde durchaus auch Hand angelegt. Da wurden kleine Jungs auf operativem Weg – schnipp schnapp – einfach zu kleinen Mädchen umfunktioniert. Ein neuer Kleiderschrank, ein paar Hormone – perfekt.«

Der gespielt ironische Ton, mit dem er seinen Bericht begonnen hatte, veränderte sich immer mehr zu beißendem Sarkasmus.

»Aber nicht nur die Körper dieser Kinder wurden für immer geschändet, auch ihre Seelen nahmen irreparablen Schaden. Viele unterzogen sich Jahre später einer erneuten Geschlechtsumwandlung. Selbsthilfegruppen wurden gegründet. Die meisten fanden den Weg zurück in ein normales Leben nicht. Kein Partner, keine Kinder, kein Job. Einige zogen es vor, ihrem Leben ein Ende zu setzen.«

Helene hatte die Augen nicht von Alexander abgewandt, doch sie konnte den Ausdruck auf seinem Gesicht nicht erkennen. Er schaute immer noch hinauf zur Decke.

»Das ist eine wirklich schlimme Geschichte. Aber ich verstehe nicht, was das mit Ihnen zu tun hat.«

»Alles. Das alles hat mit mir zu tun. Bis zu einem gewissen Punkt ist es meine Geschichte.«

Helene erstarrte. Wie, seine Geschichte? War ›er‹ in Wirklichkeit eine ›Sie‹? Oder war er jetzt wieder ein ›Er‹? Sie begriff nicht, was er damit meinte. Und wie passten die alten Frauen und die Märchen da hinein? Sie sah absolut keinen Zusammenhang. Sie sah nur den Versuch, sich interessant zu machen und Morde mit einem angeblichen Kindheitstrauma zu entschuldigen.

»Ihre Geschichte also«, erwiderte sie bissig.

Ruckartig setzte er sich auf. Seine Augen blickten finster zu ihr herüber. »Spotten Sie *ja* nicht über mich ...!«

Helene spürte, dass sie einen Fehler gemacht hatte, und lenkte ein. »Hören Sie, Alexander«, sagte sie ruhig. »Was hat das alles denn schon mit Ihnen zu tun? Sie sind ein gut aussehender junger Mann. Sie haben einen ehrbaren Beruf und einen guten Job. Ihr Leben verläuft doch in geordneten Bahnen.«

»Was wissen Sie schon von meinem Leben!?«

»Nicht viel. Aber das, was ich weiß und sehe, ist doch viel mehr, als andere haben.«

»Sie wissen absolut nichts. Und das, was sie sehen, ist alles nur Theater. Fiktion. Nicht real. Das bin nicht ich. Ich ... ich bin niemand.« Er schlug sich mit voller Wucht die Fäuste vor die Brust.

Er wünschte sich Trost, dass war Helene klar. Und sie würde ihm Trost geben. Nicht, weil er es verdiente, sondern weil sie all ihre Hoffnung auf ihre Fähigkeiten als Psychologin setzte. Zwei Jahre war sie selbst in Behandlung gewesen. Jetzt musste sie zeigen, was sie dort gelernt hatte. Immerhin war ihre rechte Hand schon frei – auch wenn ihr das im Moment noch nicht weiterhalf.

»Das stimmt doch nicht. Sie, Alexander, nehmen doch am Leben so vieler Menschen teil. Sie arbeiten in einer Apotheke und helfen jeden Tag vielen Patienten bei ihren physischen und psychischen Problemen.« Wobei du dich vielleicht erst mal um deine eigene Psyche hättest kümmern sollen. »Menschen haben Vertrauen zu Ihnen.« Vertrauen, das du schamlos ausgenutzt hast. »Sie sind eine große Stütze der Gesellschaft.« Weil du kostenintensive Rentnerinnen umbringst. »Sie sind nicht wertlos oder unwichtig, Alexander.« Doch, genau das bist du. Mörder!

Alexander zog seine Knie an den Körper und umfasste sie mit seinen Armen. Mit geschlossenen Augen schaukelte er leicht hin und her, im Takt einer für Helenes Ohren nicht hörbaren Melodie.

Sie hasste sich selbst für das, was sie gerade getan hatte – einem eiskalten, berechnenden Killer Mut zum Leben zuzusprechen. Aber sie wollte hier raus … lebend.

»Wissen Sie, was Misandrie bedeutet?«

*

Charlotte erwachte und schaute erschrocken auf die Uhr. Gleich halb drei. Eilig stand sie auf und lief noch einmal durch das ganze Haus. Aber immer noch keine Spur von ihrer Oma. Wo konnte sie nur stecken? Was war nur passiert?

Sie lief hinaus in den Garten, rief laut ihren Namen, suchte in der Garage. Der Golf ihrer Oma und ihr Fahrrad standen an ihrem gewohnten Platz. Was sollte sie tun? Ihre Eltern informieren? Charlotte entschied sich dagegen. Ihre Mutter würde entweder in nichtsnutzige Hysterie ausbrechen oder anfangen, über den Lebenswandel ihrer Schwiegermutter herzuziehen. Darauf konnte Charlotte wirklich verzichten.

»Oma, wo bist du nur?«, flüsterte sie besorgt.

*

Helene wusste nicht, was Misandrie bedeutete.

»Es ist das Fremdwort für Männerhass. Wenn man Männer hasst, einfach nur weil sie Männer sind. Weil sie das falsche Geschlecht haben. Meine Großmutter *litt* an Misandrie.«

Er betonte das Wort auf verächtliche Weise und verzog angeekelt das Gesicht.

Helene sog scharf die Luft ein. Jetzt kam er endlich zum Thema. Jetzt kam der richtige Jahrgang ins Spiel.

»Sie *litt* an Misandrie – das hat sie jedenfalls immer behauptet. So, als wäre es eine Krankheit. Als könne sie nichts dafür.«

»Aber wenn sie Männer so hasste, wie kommt es dann, das Sie auf der Welt sind?«

»Weil meine Mutter eine Hure war, die sich mit jedem Kerl eingelassen hat.«

»Und was ist mit Ihrer Großmutter?«

»Sie ist nur einmal in ihrem Leben mit einem Mann ... zusammengetroffen. Das hat gereicht.«

»Also war ihr Hass doch nicht ganz so groß.«

»Sie wurde brutal vergewaltigt – behauptete sie jedenfalls immer.« Er kommentierte den Satz mit einer abfälligen Bemerkung, die Helene nicht verstand. Doch der Klang seiner Worte sagte alles.

»Daher ihre große Abneigung?«

Er hörte einen Augenblick lang auf, sich hin und her zu wiegen. »Abneigung? Nein. Es war blanker Hass. Erbarmungsloser Hass.«

Er stützte sein Kinn auf seine Knie und begann wieder zu schaukeln.

»Und sie traf damit voll den Zeitgeist der sechziger und siebziger Jahre. Die Frauenbewegung war ihr Ding. Sie berief eigene Versammlungen ein und hetzte die ganze feministische Meute auf, sich gegen das Patriarchat zu erheben.« Alexander reckte die Arme in die Luft und schrie: *»Entwaffnet die Männer – schneidet ihnen ihre Schwänze ab!«* Dann fiel er zurück in sein vorheriges Bewegungsmuster.

»Für sie waren Männer keine Menschen, sondern nur *irgend so ein Ding* zwischen Mensch und Tier. Eine eher minderwertige Vorstufe der Evolution. Für sie als Frau galt: Frauen sind grundsätzlich die besseren Menschen und Männer sind nur zweitklassige Kreaturen. Und dann kam ich zur Welt – als ihr Enkelsohn. Meine Mutter hatte keinerlei Abscheu gegen das männliche Geschlecht. Ganz im Gegenteil. Sie konnte mir nicht einmal sagen, wer mein Vater war. So wild hat sie es getrieben. Sie hatte nur eine Abneigung gegen mich, weil ich ihr ein Klotz am Bein war. So kam ich dann zu *Omi* ...« Sein boshaftes Lachen ließ Helene die Haare zu Berge stehen.

»Meine Mutter hat mir nicht einmal einen Namen gegeben. Meine *Omi* hat einen Namen für mich ausgesucht. Und wissen Sie, wie sie mich genannt hat?« Er sprang von seinem Platz auf und ging langsam auf Helene zu. Direkt vor ihr blieb er stehen. Er beugte sich zu ihr herunter und flüsterte: »Und wissen Sie, wie sie mich genannt hat? ALEXANDRA!« Er betonte jeden Buchstaben dieses Namens, insbesondere das A am Ende. »ALEXANDRA ...« Seine Augen waren aufgerissen und der nackte Wahnsinn funkelte darin. Jetzt wurde Helene die Verbindung zu seiner Geschichte von vorhin endgültig klar.

»Meine Männlichkeit wurde von ihr schlichtweg ignoriert. Ich war ein Mädchen für sie.«

Mit gesenktem Kopf lief Alexander durch den Raum. Schließlich blieb er hinter dem alten Sofa stehen, stützte seine Hände auf das Rückenteil und wiederholte ruhig: »Ich war ein Mädchen für sie. Ein behindertes Mädchen, mit einem verkrüppelten Chromosom, wie sie immer sagte. ›Dir fehlt nur ein kleines Stückchen zu einem kompletten X ... wie schade‹.« Er ließ seine geballte Faust hart niedersausen. »Aber – oh Wunder – es gab Abhilfe. Meine Großmutter las in einer ihrer Frauenzeitschriften einen sensationellen Artikel von einem dieser brillanten Wissenschaftler. Laut *Omis* Meinung tragischerweise vermutlich ebenfalls eine verkappte Frau mit Behinderung. Und in diesem Artikel ging es um genau ihr Problem: Ein Junge sollte ein Mädchen werden. Aber warum erst einen teuren Umweg über den großen Teich wählen? Warum nicht selbst Hand anlegen. Eine verpatzte Beschneidung zum Beispiel konnte doch nicht so schwer sein ...« Helene bemerkte, wie Alexanders Blick an sich herunterwanderte und dann zu ihr hochschnellte. »War es auch nicht. Nur den Gefallen mit der kompletten Umwandlung haben sie ihr hier nicht getan. Zu ihrer Enttäuschung wurde gerettet, was zu retten war.« Er lächelte hämisch. »Dennoch gab meine liebe Großmutter nicht auf. Sie zog mir süße rosarote Kleidchen an, band mir Schleifchen in meine dunklen Locken, kaufte mir glänzende Lackschuhe und erzählte allen von ihrer niedlichen Enkeltochter ALEXANDRA. Schließlich hatte die Erziehung ja einen höheren Stellenwert als die Natur, als die Gene, als mein Penis ...« Sein Lächeln war nun verschwunden und seine Worte klangen kalt und hart. »Wissen Sie, wie man sich fühlt, wenn man einer solchen Gehirnwäsche unterzogen wird? Wenn man nicht weiß, warum man sich selber nicht mag? Wenn man nicht sagen kann, wieso man sich in sich selbst nicht wohl fühlt? In seinem Körper? Und dann später ... wie es ist, wenn Frauen einen auslachen, wenn sie sehen, was ...« Er blickte wieder an sich hinunter. » ... was noch übrig ist? Ohne zu fragen, warum?« Mit wenigen Schritten stand er wieder vor Helene und funkelte sie mit hasserfüllten Augen an, während er schrie: »Na, weißt du, wie das ist?«

Voller Angst sah sie ihn an. Sie schüttelte den Kopf und flüsterte: »Nein, das weiß ich nicht.« In diesem Augenblick war ihr klar, dass all ihre Pläne, ihn in irgendeiner Form manipulieren zu können, vergeblich waren.

Der Junge hatte furchtbare Dinge erlebt, war tief traumatisiert und würde, was immer er auch mit ihr vorhatte, in die Tat umsetzen.

»Weißt du, warum ich dich ausgewählt habe?« Die Ruhe, mit der er ihr diese Frage stellte, überraschte sie. Und, warum duzte er sie plötzlich? »Weil du aussiehst, wie sie ... wie meine *Omi.*« Er fuhr ihr mit der Hand über die Wange und nun wusste sie sicher, dass ihr nicht mehr viel Zeit blieb.

*

»Aber Sie müssen doch etwas darüber wissen! Meine Oma war doch hier und hat Ihnen alles erzählt! Fragen Sie doch bitte Ihre Kollegen!« Völlig aufgelöst saß Charlotte in der Anzeigenaufnahme der Polizei und versuchte den Beamten, der sich ihr als Herr Kramer vorgestellt hatte, zu überzeugen, dass ihrer Oma irgendetwas Schreckliches zugestoßen sein musste.

»Hören Sie, es tut mir leid, aber eine solche Geschichte ist uns in der letzten Zeit nicht untergekommen. Sonst müsste es darüber irgendwelche Aufzeichnungen geben.« Herr Kramer tippte schwerfällig auf seiner Computertastatur herum und schaute gelangweilt auf den Bildschirm. »Ich finde hier wirklich absolut keinen Eintrag.«

»Aber sie war hier. Sie würde mich doch nie belügen.«

»Außerdem, eine solche Story wäre in Windeseile Gesprächsthema auf allen Fluren. Nach bekannten Märchen der Gebrüder Grimm alte Damen ermorden ...« Er schüttelte den Kopf. »Ich kann Ihnen anbieten, eine Suchmeldung im Radio für sie rauszugeben. Aber meistens tauchen die vermissten Leute von selbst wieder auf. Es ist ja noch nicht einmal 24 Stunden her, seit Sie sie das letzte Mal gesehen haben. Also ruhig Blut.«

»Warum glauben Sie mir denn nicht? Es ist wirklich wahr! Die Märchenbücher ...«

»Sie meinen die, die Sie leider gerade nicht dabei haben?!«

»Sie sind hier! Sie müssen hier sein. Meine Oma hat sie Ihnen ausgehändigt. Wegen der Fingerabdrücke.«

»Ja, ja, schon gut. Wissen Sie was? Sie fahren jetzt erst einmal nach Hause und ruhen sich aus.« Der Beamte hatte sich von seinem Platz erhoben und wies Charlotte den Weg zur Tür. Mit unmissverständlicher Geste forderte er sie auf, zu gehen.

Widerwillig stand sie von ihrem Stuhl auf. »Aber ...«, startete sie noch einen Versuch, doch er fiel ihr ins Wort: »Ich verspreche Ihnen, ich werde in der Zwischenzeit nach den Büchern suchen. Und wenn Ihre Oma morgen noch nicht wieder da ist, kommen Sie wieder.«

Er schob sie an seinen übrigen Kollegen vorbei in Richtung Ausgang. Noch einmal drehte Charlotte sich zu ihm um. »Bitte, suchen Sie auch noch mal in Ihren Unterlagen. Ihr Name ist Hövelmann. Helene Hövelmann.«

Dann stand sie auch schon draußen. Verzweifelt lehnte Charlotte sich an das Schild neben der Eingangstür, auf dem in großen Lettern das Wort POLIZEI geschrieben stand. Sie kämpfte mit den Tränen. Sie hatte um Hilfe gebeten und man hatte sie einfach hinausgeworfen.

*

Helene war allein. Alexander hatte sie gleich nach seiner Lebensbeichte verlassen – allerdings nicht, ohne ihren rechten Arm wieder an die Lehne ihres Sessels zu binden.

Zuvor jedoch hatte er ihr noch einige interessante Details von seiner Oma erzählt.

»Sie war ebenfalls eine sehr engagierte Frau, genau wie du. Hat sich eingesetzt für Frauen, denen Gewalt angetan wurde … von dem eigenen Ehemann, zu Hause. Oder die vergewaltigt wurden. Sehr lobenswert.« Dabei hatte er anerkennend mit dem Kopf genickt. »Und sie hat sich um ihr einziges Enkelkind gekümmert. Sie hat ihm jeden Abend vor dem Zubettgehen ein Märchen vorgelesen. Grimmsche Märchen. Von hübschen Prinzessinnen, kleinen Mädchen allein im Wald und unzertrennlichen Schwestern. Jeden Abend hat sie mir vorgelesen, jeden Abend, immer wieder. ›*Es war einmal vor vielen Jahren … und wenn sie nicht gestorben sind, dann leben sie noch heute.*‹«

»Und? Lebt Ihre Großmutter noch?«

Sein Lachen klang durch und durch böse. »Sie ist mehr als einmal gestorben … Aber in jeder von euch lebt noch ein Teil von ihr weiter. Und in dir ganz besonders. Dein Tod wird sie hoffentlich endlich völlig auslöschen.« Mit diesen Worten hatte er sie allein gelassen.

Kurze Zeit später war er dann mit zwei Eimern Wasser zurückgekehrt. Aus dem unübersichtlichen Haufen Sperrmüll hatte er einen großen, schmutzigen, elektrischen

Kochtopf gezerrt. Einen ähnlichen hatte Helene selbst einmal zum Einkochen von Gemüse und Obst besessen. Er hatte ihn mit einem alten Lappen etwas gereinigt, den Stecker in die nächstliegende Steckdose gesteckt und das Wasser hineingegossen. Dann war er wieder gegangen.

Angestrengt überlegte Helene, was er damit vorhaben mochte. Er würde sie doch nicht etwa bei lebendigem Leibe verbrühen? Wer konnte schon wissen, was in seinem Kopf vorging. Außerdem, in welchem Märchen kam denn überhaupt heißes Wasser vor?

Helene schaute hinüber zu dem kleinen Fenster in der gegenüberliegenden Wand und erkannte, dass es draußen bereits zu dämmern begann.

Der Mond ist aufgegangen, kam es Helene in den Sinn. Das Lied, dessen Melodie Alexander heute Vormittag vor sich hingesummt hatte. Was hatte er nur vor? Was würde er mit ihr machen?

›Das werden wir sehen, wenn es dunkel geworden ist … ‹

Plötzlich fing Helenes Körper unbeherrscht an zu zittern.

*

Charlotte stand immer noch vor dem Gebäude der Polizeiinspektion, unsicher, was sie tun sollte, als sich die Tür öffnete und ein junger Polizist direkt auf sie zusteuerte.

»Entschuldigen Sie bitte, aber ich habe vorhin einiges von ihrem Gespräch mit meinem Kollegen mitgehört. Wie war der Name Ihrer Großmutter?«

»Helene Hövelmann.« Hoffnung keimte in ihr auf. »Wieso, haben Sie die Bücher jetzt doch gefunden?«

»Nicht direkt.«

»Nicht direkt? Was soll das denn bedeuten?«

Schüchtern lächelte er sie an. »Das ist eine lange Geschichte.«

*

Helene sah heißen Wasserdampf aus dem alten Kochtopf aufsteigen und hörte, wie das Wasser langsam anfing zu kochen.

Alexander kam herein, in der einen Hand einen prall gefüllten Müllsack, in der anderen ein weißes Stoffbündel. Er trug Arbeitshandschuhe und begann behutsam, Pflanzenbüschel, die sich in dem Sack befanden, in das kochende Wasser zu geben. Zwischendurch rührte er mit einem Stück abgebrochener Holzlatte immer wieder in dem Sud herum. Er tat das mit einer solchen Hingabe, als sei es für ihn eine geheimnisvolle rituelle Handlung, eine Art Zeremonie.

Aufmerksam musterte Helene aus der Entfernung die dunkelgrünen Bündel mit den vereinzelt aufleuchtenden blauvioletten Blüten, doch sie konnte nicht erkennen, um was für ein Gewächs es sich handelte.

Als der Sack nahezu geleert war, nahm er das weiße Stoffbündel und ließ es ebenfalls in den Topf fallen. Wieder rührte er völlig in sich selbst versunken darin herum.

»Was haben Sie damit vor?«, fragte Helene von Angst erfüllt, doch Alexander beachtete sie gar nicht. »Was haben Sie mit mir vor? Ich habe das Recht auf eine Antwort.« Wieder keine Reaktion. »Warum tun Sie mir das an?! Ich habe Ihnen doch gar nichts getan.«

Sekunden vergingen, bevor er den Blick hob und sie mit ausdruckslosen Augen ansah. »Du hast mir mein Leben genommen. Und dafür wirst du bezahlen.«

»Aber ich war es doch nicht«, schrie sie ihn an. »Es war Ihre Großmutter! Sie hat Ihnen diese schrecklichen Dinge angetan, nicht ich.«

Er hatte sich bereits wieder dem Kochtopf zugewandt und Helene spürte, dass es wenig Sinn hatte, weiter auf ihn einzureden. Er befand sich offensichtlich in seiner eigenen, von Irrsinn geprägten Welt und nahm keinerlei Notiz von ihrer Anwesenheit.

Aber wie sollte Helene ihr Leben retten, wenn er ihr

nicht einmal zuhörte? Wie konnte sie um ihr Leben kämpfen, wenn ihr Gegner sich ihr nicht stellte? In ihrer großen Not stieß sie einen grellen Schrei aus und zerrte in sinnloser Verzweiflung an ihren Fesseln.

Alexander hingegen fischte mit seinem provisorischen Kochlöffel den weißen Stoff aus dem kochenden Sud, wrang ihn leicht aus und hängte ihn an eine Wäscheleine, die schlaff von einem der Dachbalken hing.

Erst jetzt erkannte Helene, was es in Wirklichkeit war: ein altmodisches weißes Nachthemd.

Nachdem Alexander das Nachthemd aufgehängt hatte, war er gegangen. Nun kehrte er zurück und Helenes Blick fiel sofort auf das Märchenbuch, das er in der Hand hielt. Blauer Deckel, gelber Rücken.

»Zeit für die Märchenstunde – und diesmal darf ich mir eins aussuchen, ja Omi? Heute liest du für mich …« Er blätterte suchend in dem Buch herum, doch Helene war sich sicher, dass er genau wusste, welches er wollte. »… *Sterntaler*!«

Sterntaler? Helene schaute hinüber zu dem tropfnassen Nachthemd und ihr Herz begann in wilder Panik zu klopfen.

»Liest du mir die Geschichte vor, Omi?« Seine Stimme war hoch wie die eines kleinen Jungen. Oder Mädchens? Er durchschnitt die Kabelbinder an ihren Handgelenken und hielt ihr das Buch entgegen.

»Nein«, sagte Helene mit angsterfüllter Bestimmtheit, »das werde ich nicht tun.«

Sie war nicht auf die Heftigkeit seines Schlages vorbereitet. Ihr Kopf flog zur Seite und seine Finger hinterließen eine schmerzhafte Spur auf ihrer Wange. Sie schmeckte Blut.

»Bitte, Omi. Tu es doch für mich.«

Helene spürte, wie ihr Gesicht auf der linken Seite anschwoll. Die Tränen in ihren Augen nahmen ihr die Sicht.

»Bitte.« Wie ein bettelndes Kind hatte er sich vor ihren Füßen niedergelassen und legte ihr das aufgeschlagene Buch auf den Schoss.

Helene fügte sich in ihr Schicksal und begann zu lesen. *»Es war einmal ein kleines Mädchen, dem war Vater und Mutter gestorben, und es war so arm, dass es kein Kämmerchen mehr hatte, darin zu wohnen, und kein Bettchen mehr hatte, darin zu schlafen …«* Helenes Hände zitterten so sehr, dass sie Mühe hatte, in der richtigen Zeile zu bleiben. »… und endlich gar nichts mehr, als die Kleider auf dem Leib und ein Stückchen Brot in der Hand.«

Das Brot. Das trockene Stück Brot. Ihre Henkersmahlzeit.

Das war also ihr Märchen. Das Märchen, das er für sie ausgewählt hatte. Das Märchen, für das sie sterben sollte.

Als sie geendet hatte, nahm er ihr das Buch aus den Händen und legte es behutsam zur Seite. Er stützte das Kinn auf ihr Knie und lächelte sie versonnen an. »Und jetzt spielen wir das Märchen, Omi. Du bist der Sterntaler, und ich helfe dir beim Umziehen.«

Er stand auf und ehe Helene sich versah, hatte er ihr ihren Pullover über den Kopf gezogen.

»Sie sind ja wahnsinnig«, herrschte sie ihn an und bedeckte hilflos ihre Brüste mit den Armen.

»Das Hemdchen muss auch noch aus.« Brutal riss er ihre Arme nach oben und zerrte ihr das Unterhemd vom Körper. Dann zog er sich seine Arbeitshandschuhe wieder an, nahm das Nachthemd von der Leine und stülpte es ihr über den Kopf. Der kalte, nasse Stoff klebte auf ihrer Haut und ein unkontrollierbares Zittern durchlief ihren Körper.

Er fesselte ihre Hände mit dem alten Seil, durchschnitt die Kabelbinder an ihren Beinen, zog sie unsanft auf die Füße und führte sie unter einen verrosteten Eisenring, der an einem der Deckenbalken hing. Helene schrie und schlug und trat um sich, doch sie hatte nicht die Spur einer Chance.

Mit wenigen kräftigen Handbewegungen band er das Seil an dem Ring fest, bevor er sich an ihrer restlichen Kleidung zu schaffen machte. Als er mit ihr fertig war, stand sie mit nach oben gestreckten Armen da. Bis auf ihre Unterwäsche trug sie ansonsten nur noch das Nachthemd.

»Bitte, lassen Sie mich gehen«, schluchzte sie. »Es wird alles gut. Ich verspreche es. Aber lassen Sie mich gehen. Ich will nicht sterben.«

»Es ist bestimmt schön, tot zu sein. Glaub mir. Niemand mehr, der über dich bestimmt … Niemand mehr, der dich auslacht … Niemand mehr, für den du nicht gut genug bist … Aber der Weg dahin ist nicht leicht. Es wird ein schwerer Weg für dich sein. Genau, wie es auch für mich ein schwerer Weg war.« Er stellte sich unmittelbar vor sie. »Warum hast du mich nicht einfach weggegeben? Oder mir den Hals umgedreht?«, fragte er sie vorwurfsvoll.

In diesem Augenblick wurde Helene klar, dass er wirklich nur noch seine eigene Großmutter in ihr sah. Er wollte sich für das Leid rächen, das sie ihm angetan hatte. Helene war verloren.

Alexander hatte sich wieder auf dem alten Sofa niedergelassen und beobachtete sie neugierig. Es war, als warte er darauf, was geschehen würde.

Helene fror entsetzlich in ihrem nassen Nachthemd. Ihre Haut fing an zu jucken und zu brennen. Ihre Finger, Hände und Arme begannen nacheinander unangenehm zu prickeln, was sie allerdings ihrer extrem nach oben gestreckten Haltung zuschrieb.

»Wie fühlst du dich? Alles in Ordnung?« Sein gehässiger Tonfall veranlasste sie zu schweigen.

»Ich weiß, was gerade in deinem Körper passiert. Und es wird noch viel schlimmer werden.«

Nur kurze Zeit später hatte sich das furchtbare Kribbeln in Helenes gesamtem Körper ausgebreitet. Es war, als würde eine Horde Ameisen über sie herfallen. Kalter Schweiß rann ihr über den Rücken.

»Was für eine Teufelei haben Sie sich da ausgedacht?«, keuchte sie.

»Oh, es ist keine Teufelei. Es ist nur eine der hübschen Pflanzen aus meinem Garten. Giftiger Eisenhut. Früher wurde es als Arzneimittel eingesetzt. Denn, wie du vielleicht weißt: Allein die Dosis macht das Gift.«

Helenes Mund, ihre Lippen, ihre Zunge fingen an, taub zu werden. Es war, als hätte ihr Zahnarzt ihr zu viel Betäubungsmittel gespritzt.

Dann erfüllte sie mit einem Mal ein unglaubliches Kälteempfinden. Es war um ein Vielfaches intensiver als nur einfaches Frieren. Sie hatte das Gefühl, anstelle von Blut treibe eiskaltes Wasser durch ihre Adern. Heftiges Zittern packte sie, und ihr wurde übel.

»Ich muss allerdings zugeben, dass sie schon zu den äußerst giftigen Pflanzen zählt. Immerhin zu den giftigsten Europas. Im Mittelalter haben Frauen die Hemden ihrer Männer mit dem Sud des Eisenhuts getränkt, dann trocknen lassen und ihnen die Klamotten zum Anziehen hingelegt. Und schon nach kurzer Zeit waren sie tot. Interessant, nicht wahr ...«

Obwohl sie den ganzen Tag so gut wie nichts gegessen hatte, übergab sich Helene mehrfach, bis nur noch Galle kam.

Das Taubheitsgefühl in ihrem Mund hatte sich mittlerweile weiter ausgebreitet und von ihrem ganzen Körper Besitz ergriffen. Ihre Beine versagten ihr den Dienst, so dass sie nur noch an den Fesseln hing, die ihre Hände umschlangen.

»Bitte, helfen Sie mir«, flehte sie Alexander an, der entspannt auf dem Sofa saß. »Bitte, ich will nicht sterben ...«

»Jedem das, was er verdient.« Er lachte höhnisch und

verschränkte betont locker die Hände hinter dem Kopf.

Helene hatte große Mühe, zu verstehen, was er sagte. Und immer wieder verschwamm sein Bild vor ihren Augen. Sie versuchte, ihren Blick auf ihn zu fixieren. Sie wollte nicht ohnmächtig werden. Ihr Atem ging schnell und schwer.

Plötzlich zogen sich ihre Muskeln in einem gnadenlosen Krampf zusammen, und sie änderte ihre Meinung. Jetzt wünschte sie sich nichts sehnlicher, als das Bewusstsein zu verlieren. Die den Krämpfen folgenden Schmerzen waren unerträglich und ihr schien es, als erfüllten ihre furchtbaren Schreie nicht nur den Raum, das Haus, sondern die ganze Welt.

»Ja, schrei nur. Schrei dir die Seele aus dem Leib. Aber es wird dir nicht helfen.« Alexander war von seinem Platz aufgestanden und hatte sich vor ihr aufgebaut. Ohne eine Spur von Mitleid griff er ihr in die Haare und riss ihren Kopf nach hinten. »Das ist die Strafe. Die Strafe für deinen Hass. Du hast mir keine Gnade gewährt und deshalb hast auch du keine Gnade zu erwarten.«

Helene schloss die Augen. Sie wollte nicht zulassen, dass seine erbarmungslosen Züge das Letzte waren, das sie auf dieser Welt sah. Sie brachte den winzigen Rest ihrer verbliebenen Kraft auf, um ihre Gedanken auf die Menschen zu richten, die sie geliebt hatte und in unsäglichen Schmerzen schrie sie ihre Namen hinaus.

»ERNST, CHARLOTTE … RICHARD …«

Kapitel 8

Helene bemerkte nichts von dem Tumult, der sich plötzlich um sie herum erhob. Sie nahm weder die hereinstürmenden Polizeibeamten wahr, die den vollkommen überraschten Alexander mit eisernem Griff an die nächste Wand stießen, bevor sie ihm Handschellen anlegten, noch die Sanitäter, die sie in eiliger Hast von ihren Fesseln befreiten und ihr unverzüglich das Nachthemd über den Kopf zogen. Auch nicht den Notarzt, der sie noch vor Ort intubierte, oder die rasante Fahrt im Rettungswagen.

Als Helene das nächste Mal die Augen öffnete, wusste sie nicht, dass das Licht über ihr die Deckenbeleuchtung der Intensivstation war. Schon nach wenigen Sekunden fiel sie zurück in einen tiefen Schlaf.

Erst Tage später, als ihr Bewusstsein langsam zurückkehrte, gab der behandelnde Arzt die Erlaubnis, sie auf ein normales Krankenzimmer verlegen zu lassen.

Helene fühlte sich noch immer sehr schwach. Doch sie hatte überlebt – hatte Alexanders ›großes Finale‹, seinen grausamen Schlussakt überlebt. Auch wenn es wahrscheinlich noch einige Zeit dauern würde, die schrecklichen Albträume zu überwinden, von denen sie jedes Mal, wenn sie die Augen schloss, heimgesucht wurde: Das Märchen hatte genauso geendet, wie Märchen immer enden. Das Gute hatte gesiegt. Das Böse war bezwungen. Und weil sie nicht gestorben war, lebte sie noch heute.

Es klopfte leise an die Tür und Charlotte steckte ihren Kopf ins Zimmer. »Hallo, Oma.« Sie kam mit einem großen Strauß Sonnenblumen herein. »Na, wie geht es dir heute?«

»Schon viel besser. Danke.«

Charlotte beäugte sie misstrauisch. Sie legte die Blumen auf den kleinen Tisch, der vor dem Fenster stand, und setzte sich zu ihr auf das Bett. »Wo ist denn deine Bettnachbarin geblieben?« Sie schaute hinüber zu dem frisch bezogenen Krankenbett an der Wand.

»Sie wurde heute Vormittag nach Hause entlassen.«

Charlotte nickte stumm.

Jeden Tag, zumindest solange Helene sich erinnern konnte, hatte Charlotte sie im Krankenhaus besucht. Sie freute sich jedes Mal unglaublich, das Mädchen zu sehen. Es war wie ein Wunder. Noch vor ein paar Tagen hatte sie keine Hoffnung mehr gehabt, sie überhaupt jemals wiederzusehen.

Allerdings fühlte sich der Umgang miteinander nicht mehr so vertraut an wie sonst. Ihre Beziehung war nicht so locker wie früher, vor Helenes Entführung. Charlotte bedrückte etwas und Helene ahnte auch schon, was es war.

Seit Helene wieder vollständig bei Bewusstsein war, hatte sie ihre Enkeltochter mehrfach gebeten, ihr die ganze Geschichte ihrer Rettung zu erzählen. Doch bis jetzt hatte sich das Mädchen strikt geweigert, auch nur ein Wort darüber zu verlieren.

»Wirst du es mir heute erzählen?«, fragte Helene sie nun ein weiteres Mal und wartete auf ihre Reaktion.

Charlotte wandte sich ruckartig von ihr ab und starrte nachdenklich auf ihre Hände. Schließlich erhob sie sich steif und stellte wortlos den mitgebrachten Blumenstrauß in eine Vase. »Also gut«, seufzte sie. »Du gibst ja sowieso keine Ruhe. Was willst du wissen?«

»Alles. Fang am besten da an, wo du bei mir warst, um dir die DVD auszuleihen.«

Charlotte platzierte die Vase auf dem Tisch vor dem Fenster, kreuzte die Arme vor der Brust und fixierte mit versteinerter Miene einen Punkt irgendwo dort draußen. Irgendwo auf dem Gelände des vor dem Krankenhaus liegenden Friedhofs.

Dann begann sie zu erzählen – von dem erfolglosen

Abend mit Inga im Zollhaus, von dem beinahe verschlafenen Mittagessen, von Helenes verlassenem Haus, von dem Gang zur Polizei.

»Kannst du dir vorstellen, wie der Polizist mich angesehen hat, als ich ihm gesagt habe, welche Sorgen ich mir wegen deines Verschwindens mache? Und erst, als ich versucht habe, ihm den Zusammenhang zu erklären? ›Sie wissen ja, die drei alten Damen, die in Loga ermordet wurden ... die Sache mit den Märchenbüchern ... Sie müssen doch Bescheid wissen. Meine Oma war doch hier und hat Ihnen alles ausführlich geschildert ...‹« Charlottes Bericht, der betont emotionslos begonnen hatte, steigerte sich nun in ein Gemisch von Wut und Trauer. »Der Typ hat mich angestarrt, als hätte ich nicht alle Tassen im Schrank. Als wäre ich gerade aus einer Irrenanstalt entlaufen.« Abrupt drehte sie sich zu Helene um und ihre Augen funkelten zornig. »Weißt du, wie furchtbar es für mich war, erkennen zu müssen, dass er von alledem nichts wusste? Er nicht, die restlichen anwesenden Kollegen nicht, der Computer nicht, niemand. Weil du mich die ganze Zeit belogen hast. Du bist nie dort gewesen!«

»Es tut mir leid«, flüsterte Helene und wischte sich die Augen.

»Sie hätten dich schon viel früher da rausholen können, wenn sie Bescheid gewusst hätten. Wenn du ihnen den Fall überlassen hättest, so, wie du es mir versprochen hast, wärst du überhaupt nie in diese Lage geraten. Aber du hast es ja vorgezogen, mir Lügen aufzutischen und hinter meinem Rücken deine Ermittlungen fortzusetzen. Wie konntest du nur!«

»Es tut mir so leid«, sagte Helene noch einmal und streckte die Arme nach ihr aus. Doch Charlotte rührte sich nicht von der Stelle.

»Es hätte dich fast das Leben gekostet!«, schluchzte sie. »Du hast es dem puren Zufall zu verdanken, dass du nicht tot bist und schon längst draußen auf dem Friedhof liegst.« Sie zeigte mit ausgestrecktem Finger zum Fenster hinaus. »Ist dir das eigentlich klar?«

Helene verstand nicht. »Wieso Zufall?«

»Nenn es Zufall, Schicksal oder einfach unglaubliches Glück. Einer der Beamten hat jedenfalls während meiner Unterhaltung mit seinem Kollegen deinen Namen aufgeschnappt. Und nachdem ich höflich gebeten wurde, das Gebäude zu verlassen, ist er mir gefolgt.«

»Aber wer ...«, begann Helene, doch dann wurde ihr alles klar.

»Hendrik Kohnen. Richards Enkelsohn.« Charlottes Stimme hatte wieder einen sanfteren Tonfall angenommen, obwohl in ihren Augen immer noch Tränen standen. »Er hat mich zu seinem Opa gebracht und gemeinsam haben wir die fehlenden Teile zusammengefügt. Dann sind wir mit den Märchenbüchern, die Richard von dir hatte, zurück zur Polizei. Und plötzlich ging alles ganz schnell. Herr Dr. Abeln, der Apotheker, wurde benachrichtigt. Nur kurze Zeit später waren schon einige Beamte vor Ort, die die Apotheke nach Hinweisen zu deinem Verbleib durchsucht haben. Sie nahmen die Fingerabdrücke des Apothekers, also von Alexanders Chef, die aus dem Botenauto und die von den Glasgefäßen aus den Regalen, und verglichen sie mit denen auf den Märchenbüchern. Als sich herausstellte, dass die Abdrücke von den Gefäßen, mit denen in erster Linie Alexander Schönborn bei der Arbeit herumhantiert, übereinstimmten, fuhren sie raus zu seinem Haus ganz oben im Logabirumer Hammrich und ...« Charlotte stockte. Dann atmete sie tief ein, »... und retteten dir das Leben – in wirklich allerletzter Sekunde.«

Einen Moment lang war es absolut still in dem kleinen Zimmer. Charlotte stand am Fußende von Helenes Bett und umschloss mit verkrampften Fingern das Bettgitter.

»Ich schäme mich sehr dafür, was ich dir angetan habe«,

sagte Helene leise. »Und es tut mir unendlich leid, dass ich dich belogen habe. Aber denkst du nicht, ich habe genug dafür gebüßt?« Mit Mühe setzte sie sich in ihrem Bett auf. »Bitte verzeih mir und lass es wieder so sein wie früher.« Sie streckte noch einmal die Arme nach dem Mädchen aus und diesmal nahm Charlotte die Entschuldigung an. Erleichtert drückte Helene sie fest an sich.

»Übrigens«, flüsterte Charlotte ihr leise ins Ohr. »Ich habe auch noch eine Überraschung für dich.«

»Was denn für eine Überraschung?«

»Es ist noch Besuch da.« Und bei diesen Worten stand Charlotte auf und öffnete die Tür.

»Ihr könnt reinkommen.«

Gespannt spähte Helene in Richtung Flur. Richard betrat das Zimmer zuerst, gefolgt von einem groß gewachsenen jungen Mann mit blonden Haaren.

»Hallo, Hettie. Ich bin so froh, dich zu sehen – lebend.« Richard trat an ihr Bett und ergriff ihre Hand. »Das ist übrigens mein Enkelsohn Hendrik.«

Der Blondschopf lächelte sie offenherzig an. Rein äußerlich hatte er so gar nichts von seinem Großvater. »Schön, Sie endlich persönlich kennenzulernen, Frau Hövelmann.«

Auch wenn Helene noch nicht gänzlich wieder hergestellt war, entging ihr nicht der schmachtende Blick, den Charlotte dem hübschen Knaben zuwarf. Und ebenso wenig die plötzlich so überaus gesunde Gesichtsfarbe ihrer Enkelin.

»Wenn du willst, kannst du mich Helene nennen und ›du‹ sagen.« Verstohlen schaute sie von Charlotte zu Richard. Irgendwie hatte sie das Gefühl, sie würden sich in Zukunft alle öfter sehen. So oder so …

ENDE

Wolke de Witt
Sturm im Zollhaus
Ostfrieslandkrimi
Leer
978-3-934927-77-3
224 Seiten; 8,90 Euro

Barbara Wendelken
Berbertod
Ostfrieslandkrimi
Leer
978-939689-25-6
272 S.; 9,90 Euro

Mischa Bach
Rattes Gift
Ostfrieslandkrimi
Leer
978-9-939689-23-2
272 S.; 9,90 Euro

Peter Gerdes
Der siebte
Schlüssel
Ostfrieslandkrimi
978-3-934927-99-5
320 S.; 9,90 Euro

Peter Gerdes
Fürchte die
Dunkelheit
Kriminalroman
978-3-934927-60-5
272 S.; 11,90 Euro

H. & P. Gerdes (Hrsg):
Friesisches
Mordkompott
Herber Nachschlag
978-3-939689-20-1
288 S.; 9,90 Euro